Diogenes Taschenbuch 24365

de
te
be

AF196630

DORIS DÖRRIE, geboren in Hannover, studierte Theater und Schauspiel in Kalifornien und in New York, entschloss sich dann aber, lieber Regie zu führen. Parallel zu ihrer Filmarbeit (zuletzt der Spielfilm *Kirschblüten und Dämonen*) veröffentlicht sie Kurzgeschichten, Romane, ein Buch über das Schreiben und Kinderbücher. Sie leitet den Lehrstuhl *Creative Writing* an der Filmhochschule München und gibt immer wieder Schreibworkshops. Sie lebt in München.

Doris Dörrie

Diebe und Vampire

ROMAN

Diogenes

Die Erstausgabe erschien 2015 im Diogenes Verlag
Covermotiv: Illustration von Cecilia Stevens,
›Ruby-Throated Hummingbird‹, 2008
Copyright © Cecilia Stevens
Foto: Copyright © Danielle Stevens

Veröffentlicht als Diogenes Taschenbuch, 2016
Alle Rechte vorbehalten
Copyright © 2015
Diogenes Verlag AG Zürich
info@diogenes.ch · www.diogenes.ch
In Fragen zur Produktsicherheit (GPSR):
truepages UG (haftungsbeschränkt)
Westermühlstraße 29, 80469 München
info@truepages.de
ASR / 20 / 852 / 2
ISBN 978 3 257 24365 9

Ich habe sie immer »die Meisterin« genannt, nie bei ihrem richtigen Namen, und wenn ich heute an sie denke, denke ich immer noch an sie als »die Meisterin«, und wenn ich über sie schreibe, kann ich nur so über sie schreiben.

Es war in Mexiko, 1984, als ich sie zum ersten Mal traf. Ich war Studentin, verknallt in einen siebzehn Jahre älteren, verheirateten Mann, der mich auf diese Reise eingeladen hatte. Wir wohnten in einem Vier-Sterne-Hotel hoch auf den Klippen, und jeden Morgen nach dem Frühstück stiegen wir eine steile Steintreppe hinunter ans Meer. Der Mann, den ich liebte, war Dermatologe und machte eine Zusatzausbildung als Schönheitschirurg, weil er sich davon zusätzliche Einnahmen erhoffte, um seine Scheidung und Unterhaltszahlungen für die drei kleinen Töchter zu bezahlen. Bisher hatte er aber seiner Frau noch nicht gesagt, dass er vorhatte, sich scheiden zu lassen. Er nannte es seine Taktik. Ich war unglücklich und verwirrt und wusste nicht, wie mein Leben mit oder ohne ihn weitergehen sollte. Und mitten in dieser Verwirrung fand ich in Mexiko meine Meisterin.

Sie kam die steile Treppe heruntergeschwebt in einem eleganten, schwarzen Badeanzug, weitkrempiger Sonnenhut über einem weißen, um den Kopf gebundenen Seidenschal, schwarze Sonnenbrille. Ihre Haut war blass, ihre Beine lang und schlank. Sie war vielleicht Anfang fünfzig, so alt wie meine Mutter, aber das kam mir damals nie in den Sinn, weil sie so anders war. Sie trug eine mit Blüten bestickte Basttasche über dem Arm, gefüllt mit Büchern. Gefolgt wurde sie von ihrem Mann, er war deutlich jünger und im Gegensatz zu ihr tief gebräunt. Mit seinen kurzen Beinen und seiner breiten, dunkelbraunen Brust erinnerte er mich an ein Brathendl. Sie waren ein seltsames Paar, so wie der Dermatologe und ich in ihren Augen wohl auch ein seltsames Paar waren. Wir passten optisch schlecht zusammen, er hatte bereits die ersten grauen Haare und wirkte seriös, ich dagegen sah zu meinem Ärger immer noch aus wie ein Teenager. Manchmal hielten die Leute uns für Vater und Tochter, was ihn amüsierte und mich entsetzte.

Auch seinen Namen werde ich hier nicht preisgeben, weil ich immer noch Angst vor seiner Frau habe. Ich werde ihn Pe nennen.

Mitten in der Nacht kamen wir in Acapulco an. Die schwüle Hitze erkannte ich wieder, dunkelviolette Bougainvilleen, groß wie Bäume, leuchtend rote Hibiskusblüten, bleiche Geckos, die über die Wände huschten, und natürlich die Sprache – all das erinnerte mich an Ferien in Spanien als Kind. Das war noch gar nicht so lang her, ich war erst zweiundzwanzig, aber ich redete bereits von »meiner Kindheit«, was Pe jedes Mal amüsierte. Meine Mutter durfte nichts von ihm erfahren, denn sie hätte unerträglich liebevoll auf mich eingeredet und sich dabei gedacht: Was will mein junges, einigermaßen hübsches Kind mit diesem alten Sack? Ich wusste es selbst nicht genau, bildete mir ein, ihn zu lieben, obwohl ich im Grunde genommen nur verliebt war, aber ich kannte den Unterschied noch nicht. Die richtigere Frage wäre gewesen, was Pe eigentlich mit mir wollte. Er hatte seine Frau verlassen, weil das Leben mit ihr ihn erstickte, erklärte er, nicht, weil er sich in mich verliebt hatte. Ob er überhaupt in mich verliebt war, wusste ich nie genau, dabei lebten wir schon fast zwei Jahre zusammen. Ab und zu, meist aus heiterem Himmel, liebte er mich so, wie ich es mir immer erträumt hatte, und danach litt ich wochenlang darunter, dass es nicht mehr so war.

Er war erfolgreicher Arzt mit Praxis in guter

Lage, ich hatte weder Geld noch Plan. Er bezahlte Miete, Strom und Lebensmittel, und ich jobbte bei McDonald's, um mir Zigaretten, Kino und Secondhand-Klamotten leisten zu können. Unser finanzielles Ungleichgewicht störte mich, aber mir fiel nichts ein, womit ich es grundlegend hätte verändern können. Ich spielte die Rolle der flippigen, jungen Frau, weil ich wusste, dass ihm das gefiel. Auf unserer Reise trug ich tagein, tagaus eine grüne, seidene Pyjamahose zu einer grauglänzenden Smokingjacke, die in Amerika *shark skin jacket* genannt wurde, nur deshalb hatte ich sie mir gekauft. Sie sollte mich beschützen, mir die gefährliche Haut eines Hais geben, die ganz glatt aussieht und einem die Finger aufschlitzt, wenn man sie berührt. Ich hatte sie in einem Laden in Los Angeles gefunden, der nach Mottenkugeln stank und in dem ich jeden Tag vorbeischaute, denn Pe machte eine Fortbildung zu *faceliftings,* wie sie in Deutschland noch unbekannt waren. Morgens fuhr ich ihn im Leihwagen zu seinem Kurs und ließ mich dann den ganzen Tag im Auto durch die Riesenstadt treiben wie in einem Fischstrom. Abends holte ich ihn wieder ab. Da war er meist müde, wollte nur noch essen und ins Bett gehen. Er vertröstete mich auf Mexiko, zwei Wochen in Mexiko am Strand, kurz vor Weihnachten. Ich vermied die Frage, wo er dann Weihnachten feiern würde, mit mir oder mit seiner Familie wie im letzten Jahr. Ich hatte, wie immer, den Heiligabend mit meiner Mutter verbracht, die sich wie immer betrank und irgendwann anfing zu weinen, und wie immer hatte ich geschworen, nie wieder Weihnachten mit ihr zu verbringen.

Und? Was hast du den ganzen Tag gemacht?, fragte er mich jeden Abend.

Nichts. *Nada. Nothing,* antwortete ich jedes Mal.

Nach einer Weile beantwortete er sich seine Frage selbst, und ich lächelte nur noch dämlich. Nichts. *Nada. Nothing.*

Zum Abschluss des Kurses gab es eine Dinnerparty der Teilnehmer mit Ehefrauen, zu der ich in Haijackett und Pyjamahose erschien, was mit Befremden aufgenommen wurde, aber Pe sichtlich freute. Durch mich unterschied er sich von all den anderen respektablen Ärzten und ihren ältlichen Ehefrauen mit ihren kunstvoll operierten Gesichtern. Er sah sich, obwohl er ein konventionelles Leben führte, gern als Anarchist, was ich bedrohlich fand, denn es bedeutete doch wohl, dass er nichts von einer festen Beziehung hielt. Dank mir fühlte er sich exotisch und provokant, und dieses Spiel spielte ich gern mit, denn es funktionierte umgekehrt für mich ähnlich. Meine Altersgenossen fanden es unmöglich, einen so arrivierten und alten

Liebhaber zu haben, beneideten mich jedoch um teure Restaurantbesuche und besonders um diese Reise nach Amerika und Mexiko. Ich liebte den Luxus mit Pe und verabscheute mich pflichtgemäß dafür, aber nur ein bisschen. Alles war krumm und schief an dieser Beziehung, doch da ich fest von meiner Liebe überzeugt war, sah ich es nicht, sondern spürte es nur ab und an wie einen leicht ziehenden Zahnschmerz.

Ich benutzte die schwierige Liebe zu Pe, um nicht darüber nachzudenken, wo ich eigentlich hinwollte mit meinem Leben. Lustlos studierte ich Amerikanistik und Ethnologie vor mich hin und träumte gleichzeitig von etwas, das fast obszön klang und das ich kaum vor mir selbst auszusprechen wagte: Ich wollte schreiben. Ich schleppte ein amerikanisches Schulheft mit schwarzweiß marmoriertem Einband mit mir herum und machte Notizen für Geschichten, die ich dann nie schrieb oder schnell wieder aufgab, weil sie mir so banal vorkamen. Mit niemandem sprach ich über diesen Traum, denn er erschien mir ähnlich absurd, als hätte ich vorgehabt, Synchronschwimmerin zu werden oder Harfespielerin – nur hätte ich in diesen beiden Fällen gewusst, was zu tun wäre: nämlich zu üben. Beim Schreiben war mir unklar, wie das gehen sollte. Wie sollte ich etwas üben, was man entweder konnte oder nicht?

Es gab keine Ausbildung für Schriftsteller, denn es schien etwas Naturgegebenes zu sein, das man war oder nicht, aber nicht werden konnte. Deshalb klang der Satz ›Ich will Schriftstellerin werden!‹ maßlos und auch dumm, und ich verbot ihn mir.

In Los Angeles hatte ich einen Buchladen auf dem Sunset Boulevard gefunden, der ›Book Soup‹ hieß. Stunden über Stunden hatte ich mich dort herumgetrieben, mich kreuz und quer durch alles gelesen, was mich interessierte, vornehmlich Kurzgeschichten von Fitzgerald, McCullers, Cheever und besonders die von Raymond Carver, von dem ich schließlich ein Buch klaute, weil sie mir so gut gefielen.

Dort hatte ich auch immer wieder die Regale mit den *How to*-Büchern durchstöbert, die Titel hatten wie *How To Write a Novel and Sell it, How To Find a Literary Agent, How To Write a Screenplay* – aber die Ratschläge, die dort aufgelistet waren, erschienen mir so fremd und kompliziert wie französische Saucenrezepte. Halbbetäubt stolperte ich den Sunset Boulevard entlang, vorbei an einem Altersheim, wo hutzlige, alte Menschen in Rollstühlen auf dem Balkon saßen und hinter großen gelben Brillen in die harte kalifornische Sonne starrten. Keiner von ihnen las. Nie. Das weiß ich noch, dass mir das auffiel.

Ich selbst konnte mir nicht vorstellen, ohne Buch das Haus zu verlassen. Ich wäre in Panik geraten. Ohne Buch irgendwo zu stranden hätte bedeutet, dem Schrecken der Einsamkeit vorgeworfen zu werden wie einem Rudel Wölfe. Zwei Waffen hatte ich dagegen: Bücher und Männer.

In einem überfüllten Bus fuhren wir durch die fremdartig heiße Nacht. An den vielen Stopps in kaum beleuchteten Dörfern reichten Frauen und Kinder aufgeschnittene Papayas, Mangos, Ananas und Kokosstücke an die Busfenster, Erdnüsse und *tamales*. Ich hatte Hunger, war quengelig wie ein Kind, aber Dr. Pe verbot mir, etwas zu essen oder etwas anderes zu trinken als warme Cola, die ich hasste, weil er meinte, ich bekäme sonst sofort Moctezumas Rache. Als wir endlich morgens um vier in dem kleinen Fischerort ankamen, der uns als Geheimtipp von einem seiner Kollegen in Los Angeles genannt worden war, brannte nirgendwo Licht, als sei im ganzen Ort der Strom mit einem einzigen Schalter abgedreht worden. Die Passagiere, die mit uns ausstiegen, verschwanden lautlos und schnell in der Dunkelheit, wir stolperten durch das Dorf. In offenen Hauseingängen brannten Kerzen, in deren Schein große Familien zu erkennen waren, die auf dem Boden hockten oder lagen. Man wies uns freundlich den Weg zum Hotel ›La Florida‹, das vier Sterne besaß und für mich niemals bezahlbar gewesen wäre.

Auch im Hotel brannten nur ein paar Kerzen an der Rezeption, und ein schlafzerknautschter Nachtportier suchte nach unseren Namen, Mrs. and Mr. Pe, was ich mit Genugtuung registrierte, denn es gab ja noch Pes echte Ehefrau, die sich weigerte, sich als seine Ex-Ehefrau zu betrachten. Ich hatte sie nur zweimal gesehen, sie erschien mir steinalt und verhärmt mit ihren vierzig Jahren, ich nannte sie die Backpflaume. Die drei Töchter waren verwöhnte Schnecken, die Klavier- und Ballettunterricht bekamen und frisch gebügelte Kleidchen trugen. Sie machten mich eifersüchtig bei den wenigen Besuchen, die ihnen von der Mutter gestattet wurden, und ich war froh, wenn sie wieder verschwanden. Ich wollte Pe für mich allein und ohne sein Vorleben, das er anfangs so gern abschütteln wollte wie ein Hund, der aus dem Wasser kommt. Bis ihn dann die Sehnsucht nach seinen Gören packte und er erweiterte Besuchsrechte aushandelte.

Hier in Mexiko hatte ich ihn allein, ganz allein für mich, hier spielte ich seine Ehefrau, obwohl es mir nie in den Sinn gekommen wäre, ihn zu heiraten. Überhaupt jemals zu heiraten. Der Nachtportier murmelte *lo siento, lo siento,* es tue ihm leid, nichts zu machen, er finde unsere Reservierung nicht, aber wir dürften uns an den Pool auf die Liegen legen, bis der Tagportier komme. Er gab uns zwei Handtücher zum Zudecken, obwohl es immer noch drückend heiß war. Pe schlief sofort ein, wofür ich ihn hasste, denn so fühlte ich mich verlassen in dieser tintenschwarzen Nacht, in der fremde Vögel unverhofft schrien wie Babys. Das Einzige, was geholfen hätte, wäre mein Buch gewesen, doch es gab nirgendwo Licht. Mein Herz begann schneller zu schlagen, ich bekam Angst, ich könnte von dieser Erde verschwinden, ohne noch irgendjemandem Bescheid sagen zu können. Ich fühlte mich beängstigend allein, aber wagte nicht, Pe zu wecken, weil ich seinen Zorn fürchtete, der Tage anhalten konnte. Erst der Sonnenaufgang ließ die Angst verblassen. Die Sonne stieg viel schneller auf als zu Hause, und bald hatte sie eine solche Kraft, dass sie jeden anderen Gedanken ausbleichte. In der Hitze erkannte ich die beruhigende Welt der Ferien wieder, den schläfrig vor sich hin schmatzenden Pool, die Insekten, die wie Minihubschrauber nahten, das Klappern von Geschirr aus der Küche, energisches Fegen in den Fluren, und da kam auch schon der erste Gast, ein Amerikaner, wie ich an seinen Boxershorts erkannte, und stürzte sich in den Pool, um seine Morgenbahnen zu schwimmen. Ich fühlte mich verklebt und stinkig von der langen Reise, immer noch schlief Pe. In der Umkleidekabine zog ich meinen Bikini an, versuchte, meinen Bauch, den ich so verabscheute, zu ignorieren, ging nicht unter die Dusche, um mich nicht den Blicken des Amerikaners auszusetzen, und sprang ebenfalls in den Pool. Der Schock des kalten Wassers machte mich mit einem Schlag glücklich, ich legte mich auf den Rücken und blickte in einen Himmel wie aus blauem Glas. Verstand meine Nachtängste nicht mehr, war ein anderer Mensch. Als ich mich wieder auf den Bauch drehe und an den Beckenrand schwimme, sehe ich sie zum ersten Mal. Nur ihre Beine. Ihre eleganten Beine. Sie geht am Pool entlang, winkt dem schwimmenden Amerikaner zu und ruft: Bis gleich beim Frühstück! In der Hand hält sie ein Buch.

Zum Frühstück wurde kunstvoll ein riesiges Obstbuffet aufgebaut, eingerahmt von Blumensträußen, vor denen Kolibris zitternd in der Luft standen. Es gab Tortillas in Bastkörbchen mit Spitzendeckchen und zehn verschiedene Eierspeisen zur Auswahl, von denen ich *huevos rancheros* bestellte. Sie saßen am Nebentisch, die Meisterin und der Mann aus dem Pool. Pe war müde oder schlecht gelaunt oder auch einfach nur gar nichts, das war für mich nie zu unterscheiden. Ich bekam Angst vor ihm, wenn er nicht sprach. Abwesend trank er schwarzen Kaffee und rauchte eine Gauloise, während ich Tortillas in mich hineinstopfte, Eier, aufgewärmte schwarze Bohnen, die zwar aussahen wie ein Kuhklack auf dem Teller, aber köstlich schmeckten. Ich war immer glücklich, wenn ich essen konnte, und verstand Menschen nicht, denen es anders ging. Um Pe aufzutauen, plapperte ich vor mich hin: Ich hatte nur dieses eine Stückchen Schokolade geklaut, aber mein Vater hat mich mit einer Reitpeitsche verhauen, so einer ganz dünnen, sie pfiff durch die Luft. Er war ganz rot im Gesicht vor Anstrengung, aber ich hab nur auf diesen Ton gehört, dieses Pfeifen in der Luft. Hab nicht geweint, keine einzige Träne, und als er fertig war, bin ich aus dem Haus gelaufen und hab vor Wut gleich wieder geklaut. Ein Nappo. Kennst du wahrscheinlich nicht.

Pe schüttelte nur den Kopf.

Ist so 'ne klebrige Süßigkeit, ganz hart, Plombenzieher haben wir die genannt. Ich hab mein Nappo gelutscht und gedacht, ich hör erst auf zu klauen, wenn ich es will.

Pe lächelte, ich lächelte. Wir hatten wieder Kontakt, und nur deshalb hatte ich ihm diese Geschichte erzählt. Sie war ausgedacht, bis auf das Nappo. Ich dachte mir gern Geschichten aus. Ich liebte Geschichten. Man hätte auch sagen können, ich log gern, aber ich dachte, dass ein gewisses Talent zur Lüge als Grundvoraussetzung fürs Schreiben nicht das Schlechteste war. Pe strich mir über den Kopf. Kasper, sagte er. Wie auf ein Zeichen erhob ich mich und setzte mich auf seinen Schoß. Ich nahm seine Polaroidkamera und machte ein Selbstporträt von uns.

Während ich das Foto durch die Luft wedelte, damit es sich schneller entwickelte, sah ich in die Richtung der Meisterin. Sie nickte mir leicht zu, als habe sie etwas wiedererkannt. Sie hatte ihren Hut abgelegt, ihre silbergrauen Haare waren zu einem akkuraten Bob geschnitten, sie trug roten Lippenstift, der beim Essen nicht verschmierte. Der Mann an ihrer Seite redete laut auf sie ein, während sie anmutig ihre Gabel zum Mund führte. Sie aß nur Obst, sonst nichts. Ich saß auf dem Schoß von Pe, die Kellnerinnen starrten uns an. Auf dem Foto erschienen langsam wie aus dem Nebel eine ängstlich wirkende junge Frau und ein düsterer Mann, die mir beide unbekannt waren. Eigentlich sah Pe gut aus, er hatte dichte, tiefbraune Haare, die immer länger wurden, seit er nicht mehr bei seiner Frau wohnte, blaue Augen, die je nach Stimmung weich oder stechend wirkten, er war athletisch gebaut, hatte sich aber in der letzten Zeit einen kleinen

Kugelbauch angefressen, den er unbekümmert vor sich hertrug, während ich unter meiner Wampe litt. Scharfäugig sah ich sein Alter, wie man es nur sieht, wenn man sehr jung ist. Seine schlaff werdende Haut, die Linien, die sich bereits in sein Gesicht eingegraben hatten, selbst in seine Ohrläppchen. Wie konnte man alte Ohrläppchen haben? Auf den Arschbacken hatte er, wenn man ganz genau hinsah, Zellulitisstreifen wie eine Frau, von denen er selbst nichts wusste und von denen ich ihm auch nichts erzählte, sie waren mein Geheimnis. Erbarmungslos betrachtete ich ihn, wenn er seinen Nachmittagsschlaf hielt, ehe er wieder in seine Praxis musste. Ich war hellwach, weil ich meist bis mittags schlief, und so lag ich neben ihm und studierte mit leisem Abscheu seine fortschreitende Alterung, die mir wie ein geheimnisvoller Prozess vorkam. Jeden Tag schien er schon wieder älter geworden zu sein, ich jedoch nicht. Noch nicht. Jeden Tag stand ich vor dem fleckigen Spiegel in der Diele, den der Vormieter nicht mitgenommen hatte, und suchte in meinem Gesicht nach dem Beginn des Alters. Wer würde ich sein, fragte ich mich, wenn ich so alt wäre wie Pe? Sobald er die Augen wieder aufschlug, wirkte er jünger, als fände die Alterung nur im Schlaf statt. Manchmal schob er mir, bevor er zurück in die Praxis ging, noch im Halbschlaf die

Hose runter und legte sich auf mich. Ich mochte diesen verschlafenen Sex, er war verträumt und zärtlich. Oft wachte Pe aber auch auf und schob mich wortlos zur Seite, zog sich an und ging, ohne sich zu verabschieden. Manchmal wurde er auch wütend, weil er wieder arbeiten musste und ich den ganzen Tag nur im Bett gelegen und gelesen hatte, das Frühstücksgeschirr noch herumstand, seine Schlafanzughose auf dem Boden lag, wo er sie am Morgen hatte fallen lassen. Du tust den ganzen Tag nichts, schrie er, kannst du nicht wenigstens aufräumen? Ich bin nicht deine Hausfrau, brüllte ich zurück, und fügte insgeheim hinzu: Ich muss träumen, denn ich will schreiben! Das sagte ich natürlich nie laut, denn er hätte gelacht, und sein Lachen hätte mich vernichtet. Ich hatte tatsächlich die nebulöse Vorstellung, ich müsse nur genug vor mich hin träumen, dann würden irgendwann die Gedankenfetzen, Bilder, Töne und Geschichten schon ihren Weg aufs Papier finden.

Am Strand lag ich gekrümmt wie eine Krabbe auf einem Handtuch im Schatten, während Pe auf einer Liege seine Lehrbücher studierte. Ich hatte mich nach Meer und Sonne gesehnt, jetzt war mir zu heiß. Kein Lüftchen wehte. Im Zimmer gab es keine Air-Condition, nirgendwo entkam man der

Hitze. Selbst Lesen war in diesem Brutofen unmöglich, bewegungslos schwitzend lag ich da, langweilte und hasste mich. Ab und zu stand ich auf und ging ins Meer, aber allein zu schwimmen machte mich traurig. Ich trottete am Strand entlang und traf einen alten Mann mit einem Krokodil, das er an einem Halsband spazieren führte. Er wollte mir das spanische Wort für Krokodil beibringen, *cocodrillo*, und lachte, weil ich immer wieder *crocodillo* sagte. Er streichelte das Tier und nannte es *chiquita*, Mädchen. Es sei völlig ungefährlich, nur einen Hund habe es neulich verspeist, einen amerikanischen Pudel. Ich nickte freundlich, unser Gespräch erstarb. Pe saß in der Ferne unterm Sonnenschirm, er drehte sich nicht nach mir um. Ich ging weiter wie ein trotziges Kind, das sich nichts mehr wünscht, als dass man nach ihm sucht. Die Palmen wiegten sich über mir, ihre struppigen Wipfel sahen aus wie grüne Riesenköpfe mit Punkhaarschnitt. Ich phantasierte, wie sich eine Kokosnuss aus dem Wipfel über mir löste, mir auf den Kopf fiel und mich erschlug. Dekorativ und mit eingezogenem Bauch lag ich da, Blut rann mir aus dem Mund. Stundenlang fand mich niemand, Pe wunderte sich noch nicht einmal, wo ich blieb. Nichts hatte er bemerkt, gar nichts, auch den aufgeregten älteren Herrn nicht, der etwas von einer *chica turista muerta* rief, und erst als man mich auf einer Bahre aus Palmenwedeln den Strand entlangtrug, sah Pe blinzelnd von seinen Lehrbüchern über Schönheitsoperationen auf. War er schockiert? Ja. Weinte er? Ein bisschen sogar. War er traurig? Nicht lange. Seufzend stand ich auf und tapste zurück zu Pe, legte mich wieder auf mein Handtuch.

Hast du Hunger?, fragte ich ihn.

Nein, wir haben doch gerade gefrühstückt.

Ich würde gern eine Kokosnuss probieren.

Dann kauf dir eine.

Ich wollte ihn hauen, so ekelhaft fand ich ihn, heulen vor Wut und Langeweile – da schwebte die Meisterin die steile Treppe herab, gefolgt von ihrem Mann, und legte sich auf eine Liege. Sie holte ein Buch aus ihrer Tasche, während er ans Wasser ging und Übungen zu machen begann. Immer derselbe Ablauf: Er presste die Hände vor der Brust zusammen, so dass sein Bizeps anschwoll, dann legte er sie auf seine Hüften und spannte die Oberschenkel an, ging in die Knie und drückte die Hände darauf, dann auf den Rücken, hinter den Nacken und wieder von vorn. Wieder und wieder. Die Meisterin beachtete ihn nicht. Sie las. Nach etwa einer Stunde stand sie auf und ging schwimmen. Im Vorbeigehen küsste sie ihren Mann, der weiter mit seinen Übungen beschäftigt war. Er ging nie im Meer schwimmen, auch an den folgenden Tagen nicht, er plantschte nur ein wenig wie ein Kind im flachen Wasser. Wenn sie zurückkam, trocknete sie sich kurz ab, nahm Basttasche, Hut und Sonnenbrille und stieg langsam wieder die Treppe zum Hotel hinauf. Ich hätte sie gern angesprochen, weil sie las, so elegant und selbstgenügsam aussah, aber nie ergab sich eine Gelegenheit, miteinander bekannt zu werden oder ein paar Worte zu wechseln. Sie wirkte auch nicht besonders kontaktfreudig, sondern fast gleichgültig ihrer Umgebung gegenüber, weil sie ja immerzu las. Auch mit ihrem Mann sprach sie kaum.

Umso überraschter war ich, als sie mich am vierten oder fünften Tag am Frühstücksbuffet auf die mir fremde Jicama hinwies, die so aussah und schmeckte wie süßer Sellerie und die ich von da an jeden Tag aß. Nie wieder in meinem Leben sollte ich Jicama essen, ohne an die Meisterin zu denken.

Als sie an diesem Tag an den Strand kam, lächelte sie mir kurz zu, und als sie dann schwimmen ging, hatte ich das plötzliche Verlangen, ihr zu folgen. Ich lief an ihrem Mann vorbei durch das flache Wasser, warf mich hinein. Sie schwamm weit hinaus, ich ihr hinterher, bis uns auf allen Seiten nur noch schwarzblaues Wasser umgab und niemand mehr in unserer Nähe war. Sie legte sich auf den Rücken, ich machte es ihr nach. Ich fing an zu frieren und wünschte, sie würde bald umkehren. In einem Bogen schwamm ich um sie herum, um nicht wie eine Verfolgerin zu wirken. Sie sah in meine Richtung, hob den Arm und winkte mir zu. Ich winkte zurück und war plötzlich so froh, als hätte ich eine Freundin gefunden. Als sie endlich umkehrte und wir fast nebeneinander zurückschwammen, stand am Strand Pe neben dem Mann der Meisterin und machte die gleichen Übungen wie er. Die Meisterin war schneller als ich und erreichte die beiden zuerst. Sie wechselte kurz ein paar Worte mit ihnen, und als ich aus dem Wasser kam, war sie bereits zu ihrer Liege gegangen und trocknete sich ab. Unschlüssig blieb ich bei den Männern stehen, die sich erstaunlich ähnlich sahen, fast wie Brüder, was mir zuvor gar nicht aufgefallen war. Sie mussten etwa im gleichen Alter sein, Ende dreißig, kurz vor der Vergreisung aus meiner Sicht. Die Meisterin hingegen wirkte auf mich nie alt. Pe unterbrach seine Übungen nicht. Alice, sagte er, wobei er mit dem Kinn auf mich deutete und meinen Namen englisch aussprach.

Nice to meet you. Der Mann der Meisterin streckte seine große Hand aus. *I'm Blake.*

Isometrische Übungen, sagte Pe auf Englisch. Wenn man sie jeden Tag macht, bekommt man Muskeln aus Stahl.

That's correct, sagte Blake.

Mach doch auch mal, sagte Pe zu mir. Ich drückte die Handflächen zusammen, und Blake legte mir die Hände auf die Schultern. *And press, press, press,* rief er und lachte. Alle drei standen wir nun nebeneinander im Wasser und machten diese blöden Übungen. Die Meisterin aber hatte ihre Sachen bereits gepackt und ging die Treppe hinauf.

Wo geht sie jeden Tag hin?, fragte ich.

Schreiben, sagte Blake. Sie geht schreiben. Jeden Tag. Sie ist Schriftstellerin.

Ich war sprachlos. Eine Schriftstellerin! Eine echte Schriftstellerin! Wie machte sie das? Wie konnte sie jeden Tag den Strand einfach so verlassen, um zu schreiben?

Am nächsten Tag hatte Pe einen Sonnenbrand. Er schämte sich seines hummerroten Körpers, zumal er als Hautarzt doch ständig vor Sonnenbrand warnte und mich morgens zwang, mich am ganzen Körper einzucremen, bevor ich einen Fuß aus dem Zimmer setzte. Wenn er zärtlich gestimmt war, übernahm er das Eincremen, was mir unangenehm war, denn es machte mich zum Kind.

In einem schreiend bunten Hawaiihemd stand er nun mit Blake wieder im Wasser und übte und schwatzte, während ich auf seiner Liege lag und las, so wie die Meisterin nebenan. Immer wieder sah ich auf und hoffte, einen Blick von ihr zu erhaschen.

Pe erzählte mir, dass Blake Kieferorthopäde sei, und nicht der Ehemann der Meisterin, sondern seit fünf Jahren ihr Freund. Sie habe eine furchtbare Scheidung hinter sich, ihr Exmann sei General und schwul. Pe lachte und erwartete, dass ich mitlachte, aber ich schwieg. Die Meisterin und ich hatten nach dem Gespräch über die Jicama am Frühstücksbuffet kein weiteres Wort gewechselt, dennoch hatte ich das Gefühl, wir beide seien auf besondere Art verbunden durch unsere Liebe zu Büchern und zum Schreiben, das für mich allerdings bisher nur Wunschtraum war.

Ich sann auf Wege, mit ihr ins Gespräch zu kommen, wusste aber nicht, wie ich sie ansprechen sollte, und vor allem, wann, da ihr Tagesablauf so reglementiert erschien. Ich versuchte mir vorzustellen, wie sie sich im stickigen Hotelzimmer ohne zu zögern an die Schreibmaschine setzte – hatte sie extra eine mitgebracht? – oder in ein Heft schrieb, und ich hätte sie zu gern gefragt, wie sie das schaffte, sich das jeden Tag vorzunehmen, und es dann einfach zu tun! Wie ging das? Woher nahm sie nicht nur die Disziplin, sondern auch das Selbstvertrauen? Wieso fürchtete sie sich nicht vor dem Alleinsein, das das Schreiben doch mit sich brachte? Wie konnte sie diesen Zustand jedem anderen vorziehen? Wie erklärte sie Blake, dass sie lieber schrieb, als mit ihm zusammen zu sein?

Um ihre Aufmerksamkeit zu erregen, fing ich an, am Strand in mein Schulheft zu kritzeln, und da ich nicht wusste, was ich schreiben sollte, beschrieb ich die Pelikane, die wie klapprige alte Jumbos beim Start über das Meer eierten, dann auf einmal pfeilgerade herabstürzten, in der Tiefe einen Fisch fingen, auftauchten und ihn mit zwei heftigen Schluckbewegungen hinunterschlangen, während die Küken schon eifrig auf sie zupaddelten. Die Mütter würgten die Fische hervor und schoben sie ihnen in den Rachen, starteten sofort wieder schwerfällig, und das Ganze begann von vorn. Sie wirkten wie Arbeiter mit Stechuhr, keine Minute durften sie frei und ohne Aufgabe verbringen. Alle um mich herum, selbst die Pelikane, hatten etwas zu tun. Statt über Pelikane hätte ich gern über meine Leiden mit Pe geschrieben, aber das wagte ich nicht, denn damit hatte ich schlechte Erfahrungen gemacht. Bevor ich mich in Pe verliebte, hatte ich in einer Wohngemeinschaft mit einem hässlichen Theaterwissenschaftsdoktoranden gewohnt, der mich in der Pause einer Aufführung von Horváths *Glaube, Liebe, Hoffnung* aufgegabelt hatte. Ich drückte mich in der Nähe der Bar herum, sehnte mich nach einem

Glas Wein, das ich mir nicht leisten konnte. Ich fühlte mich der jungen, arbeitslosen Elisabeth aus dem Stück verwandt, die ihren Leichnam zu Lebzeiten dem anatomischen Institut vermachen will, um an ein bisschen Geld zu kommen. Der hässliche Theaterwissenschaftler, der natürlich alles über Horváth wusste, sogar von welchem Baum der Ast gestammt hatte (eine Platane), der den Schriftsteller in Paris auf der Straße erschlagen hatte, passte zu meiner pathetischen Stimmung. Er lud mich auf einen Wein ein und wollte mich am Ende der Pause bereits retten. Sehr schnell erzählte er von einem leeren Zimmer in seiner großen Altbauwohnung, das billig zu mieten sei. Da ich in meiner bisherigen WG nicht besonders gern gesehen war, weil ich nie den Putzplan einhielt und mit allen männlichen Mitbewohnern irgendwann ins Bett gegangen war, zog ich schon am übernächsten Tag mit meiner Matratze und einem Koffer bei ihm ein. Ich nahm hin, dass er sich in mich verguckt hatte, mich mit gutem Essen verwöhnte, mir sogar Blumensträuße schenkte. Ich nannte ihn Ödön, was ihm gefiel, und behandelte ihn schlecht, was ihm noch besser gefiel. Jede Nacht klopfte er zaghaft an meine Tür und begehrte Einlass, und wenn ich ihn dann jedes Mal wieder abwies, jammerte er lautstark, gab aber nicht auf. Irgendwann ließ ich ihn dann ein, aus einer Laune heraus oder weil ich mir langsam schofel vorkam, vielleicht auch, weil ich nicht den Mut hatte, ihm zu sagen, dass ich ihn fürchterlich unattraktiv fand. Mit perverser Faszination duldete ich, dass er sich mit seinem leichenblassen Körper auf mir wand, wobei er vor Verzücken seltsame Laute ausstieß. Erbarmungslos und detailliert beschrieb ich ihn in meinem Tagebuch. Seinen jämmerlichen Körper, seinen bleistiftdünnen Schwanz, seine Jammerlaute. Ich fühlte mich wie die kleine Schwester von Anaïs Nin und ließ ihn deshalb sogar öfter in mein Zimmer, weil ich ja darüber schreiben konnte.

Eines Tages kam ich nach Hause und fand einen Strauß bunter Astern zerstreut auf dem Boden im Flur. Da ahnte ich es bereits. Er saß im Wohnzimmer, totenblass, mein geöffnetes Tagebuch in der Hand. Er saß einfach nur da und rührte sich nicht, er wirkte theatralisch und reizte mich fast zum Lachen. Er sagte nichts, gar nichts, und ich packte ebenso wortlos meine Sachen, ließ meine gute Matratze zurück und auch das Tagebuch, was ich beides bedauerte. Er schickte mir irgendwann eine Postkarte in meine nächste Wohngemeinschaft, die Adresse hatte er sich wahrscheinlich in der Uni besorgt. Darauf stand ein Zitat von Elisabeth aus *Glaube, Liebe, Hoffnung: Das seh ich schon ein, dass es ungerecht zugehen muss, weil halt die Menschen keine Menschen sind – aber es könnt doch auch ein bisschen weniger ungerecht zugehen.*

Nie mehr habe ich mich in ein Horváth-Stück getraut.

Ich schrieb also nicht über Pe, und ich schrieb auch nur, um die Meisterin dazu zu bewegen, mich zu fragen, was ich denn da schreibe, was sie natürlich nicht tat. Ich versuchte vergeblich, den Titel ihres Buches zu erspähen, hielt die Einbände meiner Bücher, Kurzgeschichten von Raymond Carver oder Ann Beattie, in die Höhe und hoffte, dass sie mich vielleicht darauf ansprechen würde. Nichts. Manchmal sah sie auf, lächelte mir kurz zu, vertiefte sich dann aber gleich wieder in ihr Buch, oder ging schwimmen, oder packte bereits wieder zusammen und verschwand nach oben in ihr Zimmer, um zu schreiben.

Sie glich in ihrer Art einer Katze. Geschmeidig, elegant, aber auch ein wenig gleichgültig. Wie könnte ich ihr Interesse erregen? Darüber zerbrach ich mir den Kopf, bis ich bei einem meiner einsamen Spaziergänge buchstäblich darüber stolperte. Ich hatte den Mann mit dem Krokodil begrüßt, die im Halbschatten vor sich hin dösenden Mariachis erfolgreich passiert, ohne dass sie mir ein Lied anboten, und war auf dem Weg zurück, als ich eine im Sand halbvergrabene Zeitung fand, die ich bloß herauszog, um meine ziemlich miesen Spanischkenntnisse zu testen. Eine langweilige, kleine Lokalzeitung, die über Wasser- und Müllprobleme und die Einweihung einer neuen Metzgerei berichtete, aber auf der letzten Seite zeigte sie das verwaschene Foto eines hübschen Jungen, der nur eine Unterhose trug und einen dreckigen Verband um den Oberschenkel und erschrocken in die Kamera schaute. Mühsam übersetzte ich mir den Text. Der Junge war offenbar 15 Jahre alt, hieß Fernando Vargas und war angeschossen worden, nachdem er versucht hatte, den Großgrundbesitzer zu töten, der wiederum seinen Vater hatte erschießen lassen, weil der die einzige Kuh der Familie wiederholt und verbotenerweise auf dem Gelände des Großgrundbesitzers hatte weiden lassen. *La vaca*, die Kuh, *el pasto*, die Weide, *matar*, töten. Ich war mir ziemlich sicher, dass ich richtig verstanden hatte. Ein armer, angeschossener Junge saß hier im Ort im Knast, weil er sich gegen die Verhältnisse gewehrt hatte. Was für eine Geschichte! Eine Story! *What a story!* Ich sah auf die Uhr, es war kurz vor elf. Wie einen Schatz trug ich die Zeitung durch den heißen Sand zurück zu unseren Liegestühlen, meine Fußsohlen brannten, als liefe ich durch Feuer. Sie packte gerade zusammen. Aus Angst, sie zu verpassen, rief ich schon von ferne: *Excuse me! Excuse me!* Erstaunt blickte sie auf, ich wurde langsamer, bekam Zweifel an meinem Vorhaben, stotternd wiederholte ich: *Excuse me ...* Und als sie mich nun erwartungsvoll ansah, sagte ich: Ich glaube, ich habe eine tolle Geschichte gefunden. *A great story.* Sie lächelte, das machte mich mutiger, ich hielt ihr die Zeitung entgegen, zeigte auf den Artikel. Ich spreche leider kein Spanisch, sagte sie. Ich übersetzte, was ich verstanden hatte, und gab gleich mit meinem *boyfriend* an, der besser Spanisch spreche und es bestimmt sehr viel genauer wiedergeben könne als ich.

Your boyfriend, wiederholte sie und sah zu Blake und Pe, die gemeinsam im Wasser standen und ihre Übungen machten. Ich habe das Gefühl, dass Ihr und mein *boyfriend* gerade Freunde werden.

Ich nickte, ein wenig ungeduldig, wollte sie denn nicht weiter über die Geschichte aus der Zeitung reden? Erneut streckte ich ihr den Artikel und das Foto entgegen. Der Junge sitzt hier, in unserem Ort im Gefängnis!

Really?, fragte sie.

Eifrig nickte ich.

Sie sah auf die Uhr. Vielleicht können wir später darüber reden, ja? Ich muss jetzt leider ...

Schreiben, fiel ich ein.

Ja. Sie lächelte. Woher wissen Sie das?

Your boyfriend, sagte ich.

Ah ja, er kann es nicht ausstehen, dass ich so stur an meinem Tagesplan festhalte. Aber wenn ich es nicht tue, habe ich am nächsten Tag das Gefühl, ich könne keine einzige Zeile mehr zu Papier bringen. Es ist für mich das Gleiche wie für ihn seine blöden Übungen.

Ich lachte dankbar.

Wenn er sie einmal ausfallen ließe, hätte er das Gefühl, seine Muskeln würden sofort verkümmern, fuhr sie fort. Ich nenne es daher meinen Schreibmuskel, den ich trainieren muss, damit er es versteht. *See you later.*

See you later, wiederholte ich und sah ihr zu, wie sie die Treppe hinaufging. Schreibmuskel. Ich stellte ihn mir blutig rot und hart vor, irgendwo in ihrer Hand, er zog sich bei jedem Wort, das sie schrieb, zusammen. Nach ihrer anfänglichen Freundlichkeit hatte ich mehr Interesse erwartet, ich war enttäuscht, wie ich noch oft von ihr enttäuscht oder sogar verletzt sein sollte. Sie nahm das, glaube ich, nie wahr. Und jedes Mal führte es bei mir nur dazu, dass ich noch gieriger auf eine Freundschaft mit ihr drängte. Ich war sehr jung, und ich verstand damals auch nicht ganz, warum ich so inständig ihre Nähe suchte. Viel später erkannte ich, dass sie mich von Anfang an warnen wollte, ihr nicht zu nahe zu kommen.

Ich bat Pe, mir den Artikel zu übersetzen. Normalerweise machten mich seine besseren Spanischkenntnisse eifersüchtig, denn er war vor seiner Ehe mit einer Peruanerin verlobt gewesen, von der er immer noch schwärmte, angeblich war sie so scharf wie Chili. Aber jetzt ließ ich mir jedes Wort genau von ihm übersetzen und erklären, schrieb es auf und übersetzte es wiederum, so gut ich konnte, ins Englische. Im Großen und Ganzen hatte ich die Geschichte richtig verstanden, da waren allerdings noch einige Details: Fernandos Mutter hatte den Großgrundbesitzer wegen der Kuh mehrmals um Verzeihung gebeten, obwohl der ihren Mann hatte erschießen lassen, und ihr unterwürfiges Verhalten hatte Fernando erst dazu aufgestachelt, die Kuh abermals auf das verbotene Gelände zu treiben. Die Mutter war also schuld, wie Mütter immer an allem schuld sind. Die arme Frau hatte nun nicht nur ihren Mann verloren, und um ein Haar ihren Sohn, sondern auch noch die Kuh, die in dem Geballer davongelaufen und nicht mehr einzufangen gewesen war. Wahrscheinlich schlug sie sich jetzt erst recht den Bauch auf den Latifundien des Großgrundbesitzers voll, weil dort nämlich gewässert wurde und sonst in der ganzen Gegend seit Jahren große Dürre herrschte, wie in dem Artikel mehrfach betont wurde. Pe gefiel die revolutionäre Grundstimmung der Geschichte, die Armen gegen den Großgrundbesitzer. Hätte er kapiert, dass ich sie nur als Köder benutzte, um mit der Meisterin ins Gespräch zu kommen, hätte er mich einen unmoralischen und unpolitischen Parasiten genannt. Er hielt es für ein Problem meiner gesamten Generation, dass wir für nichts mehr kämpfen mussten, weder für die Gleichberechtigung und die sexuelle Revolution noch für das Ende des Kriegs in Vietnam. Er und seine Generation hatten das bereits alles für uns erledigt. Danke, großer Vorsitzender, sagte ich daraufhin immer. Manchmal lachte er dann: Ihr verfluchten Parasiten! Immer nur Spaß haben wollen, wird euch das nicht langweilig? Ich hatte gar nicht so viel Spaß, wie er meinte. Ich interessierte mich zwar hauptsächlich für mich selbst, aber das war meist deprimierend.

Man sollte diesen Jungen im Knast besuchen, sagte Pe.

Um was zu erreichen?, fragte ich.

Aus Solidarität.

Solidarität, maulte ich. Das Wort klang wie ein alter ausgespuckter Kaugummi.

Zeig mal 'n bisschen Solidarität mit mir, sagte

er und zog mich aufs Bett. Ich hatte gar keine Lust, ließ mir das aber nie anmerken, ich meinte, mir das nicht leisten zu können. Er hatte immerhin für diese Reise bezahlt. Während er auf mir lag und mir die Mücken die Beine zerstachen, hatte ich eine Idee. Kaum hatte sich Pe zufrieden grunzend auf die Seite gerollt, sprang ich auf, zog mir den Bikini an, murmelte, ich wolle ein bisschen schwimmen gehen, und eilte an den Pool. Dort legte ich mich auf die Lauer, denn manchmal erschien sie am späten Nachmittag und schwamm noch ein paar Längen.

Ich wartete und sah den Kolibris zu, wie sie vor dem satten Grün der Blätter vibrierten, dem knalligen Rot der Blüten, sie wirkten wie aufgeklebt auf das scharfe Blau des Himmels. Eine Blüte fiel mit einem Plopp auf den Boden, ihr Leben zu Ende. All die Schönheit führte letztlich zu nichts. Warum konnte ich nicht einfach glücklich sein, wenn ich doch schon im Paradies gelandet war? Warum fühlte ich mich so eingesperrt in mein Gehirn, das mir ständig suggerierte, ich sei diese Person, die sich Alice nannte. Wie konnte ich meinen Gedanken entfliehen? Ich schloss die Augen und versuchte zu schlafen, was mir auch gelang. Als ich erwachte, saß die Meisterin neben mir. Wahrscheinlich nur, weil zufällig die Nachbarliege noch frei gewesen war, aber ich fühlte mich geschmeichelt.

Ich kramte den Artikel hervor. Hier, ich hab's übersetzt.

Oh, danke, sagte sie langsam. Ich meinte, Abwehr zu hören, und fügte schnell hinzu: Ich dachte nur, dass es Sie vielleicht interessiert. Sie nickte, las, und eigentlich wollte ich geduldig abwarten, aber ich platzte heraus: Ich finde, man sollte diesen Jungen besuchen. Das Gefängnis ist ja hier im Ort. Aus... aus Solidarität.

Sie blickte auf, und da sie keine Sonnenbrille trug, konnte ich zum ersten Mal ihre Augen aus der Nähe sehen. Sehr grau, sehr kühl.

Absolutely, sagte sie, stand auf, warf das Handtuch um ihre Schultern, nahm ihre Basttasche. In fünfzehn Minuten in der Lobby, o.k.?

Ich nickte verdutzt und begeistert.

Ach, und wie heißt du noch mal? Deinen Namen habe ich vergessen. Ich habe ein sehr schlechtes Namensgedächtnis, *sorry.*

Ich nannte ihr meinen Namen, sprach ihn jetzt englisch aus, murmelte: *See you,* und freute mich über das *you,* das so intim klang. Auf Deutsch hätte ich sie gesiezt, und sie mich wahrscheinlich auch.

Fernando sieht erbärmlich aus. Ein kleiner, dünner Junge unter lauter Männern. Fast vierzig stehen dicht an dicht in einer dunklen, höllisch heißen

Zelle. Ihre Haut glänzt vor Schweiß. In der Ecke ein verkrusteter Scheißeimer, von dem Fliegenschwärme aufsteigen. Die Meisterin zieht sich ihren weißen Seidenschal vors Gesicht. Fernando klammert sich an die Gitterstäbe wie ein Tierchen im Zoo. Aschfahl, seine Augen weit aufgerissen vor Angst, er trägt nichts außer schlottrigen grünen Shorts und am Oberschenkel den verdreckten Verband vom Foto. Neugierig und stumm starren uns die Männer an. Eine grauhaarige *gringa* und wahrscheinlich ihre Tochter, die gebrochen Spanisch spricht und Fernando fragt, wie es ihm geht. Sie hätten von ihm in der Zeitung gelesen, ob ihm sein Bein weh tue, ob er etwas brauche. Die Männer keuchen belustigt auf, aber Fernando sagt kein Wort, reagiert nicht. Fliegen setzen sich auf seine Mundwinkel, er verscheucht sie nicht, zuckt noch nicht einmal. Ich hebe die Hand und vertreibe sie, im nächsten Augenblick sind sie wieder da. Ich möchte meinen Arm durch das Gitter strecken und Fernando berühren, ihn beruhigen, doch ich fürchte mich vor dem Wächter, der mit gezogener Waffe hinter uns steht, also lege ich nur meine Hand auf seine Hand am Gitterstab, löse sie vorsichtig, halte sie in meiner. Eine schwitzige, schmale Kinderhand. Er entzieht sie mir schnell, jetzt brüllt der Wachmann hinter mir etwas, das ich nicht verstehe.

Ich glaube, du darfst ihn nicht anfassen, sagt die Meisterin leise neben mir. Sag ihm, dass wir wiederkommen.

Vamos a volver, sage ich leise.

Mañana, fügt sie hinzu.

Die Männer grinsen, Fernando sieht uns nur an. Der Wachmann tippt mir auf die Schulter, unsere Zeit ist um, nach noch nicht einmal fünf Minuten. Ich würde nur zu gern gehen, vom Gestank und der Hitze ist mir schwindlig, die Blicke der halbnackten Männer sind mir unangenehm.

Die Meisterin wirkt gelassen. Sag ihm, wir möchten mit dem Direktor sprechen.

Stotternd übersetze ich. Der Wachmann, einen guten Kopf kleiner als ich, aber doppelt so breit, sieht uns spöttisch an und schüttelt den Kopf.

Ich verlange, ihn zu sprechen, sagt die Meisterin.

Mir fällt das spanische Wort für verlangen nicht ein, ich übersetze: Wir müssen ihn sprechen. Der Wachmann schüttelt wiederum den Kopf. Ich glaube, er will Geld, sage ich, *money.*

Sag das Wort nicht, zischt sie schnell. Aber da nickt der Wachmann schon kaum merklich. Sie holt ein paar Pesoscheine aus ihrer Tasche, gibt sie ihm, er zieht die Augenbrauen hoch, sie gibt ihm mehr, er geht und lässt uns im Vorraum zur Zelle stehen.

Mir rinnt der Schweiß von der Stirn, die Meisterin sieht nach wie vor erstaunlich frisch aus. Der durchdringende Fäkalgeruch aus der Zelle weht bis zu uns herüber.

Es ist schlimmer als in einem Hollywoodfilm, sagt sie und lacht.

Ich möchte gehen, schnell gehen. Der Wachmann kommt wieder, macht eine Kopfbewegung, wir sollen ihm folgen. Der Gefängnisdirektor residiert in einem fensterlosen, grün gestrichenen Raum mit Neonbeleuchtung, auf seinem Tisch steht ein verstaubter Ventilator, der ächzend heiße Luft in alle Richtungen bläst. An der Wand hängen Gewehre und Pistolen. Der Direktor erhebt sich und schüttelt nur der Meisterin die Hand, bietet auch nur ihr einen Stuhl an. Pikiert stelle ich mich in die Nähe des Ventilators. Der Direktor trägt eine olivfarbene Uniform mit vielen bunten Abzeichen, die wirken wie vom Flohmarkt. Er ist ebenfalls klein und dick, als wäre er der Bruder des Wachmanns. Schwer setzt er sich, faltet die Hände und nickt der Meisterin zu. Ich bin mit der Übersetzung überfordert, die Meisterin merkt es rasch und formuliert nur noch sehr einfache Sätze.

Ist Fernando fünfzehn Jahre alt?

Der Direktor nickt.

Warum ist er nicht in einem Jugendgefängnis?

Es gibt hier keins, sagt der Direktor lapidar.

Was kann man tun?, fragt die Meisterin.

Ich verstehe nicht, sagt der Direktor.

Was kann man tun, damit er in ein Jugendgefängnis verlegt wird?, fragt die Meisterin.

Ich kämpfe mit der Übersetzung, verheddere mich, finde keine Umschreibung für das Wort ›verlegen‹. Ich bereue jetzt, dass ich Pe nicht gebeten habe mitzukommen. Ich wollte die Meisterin auf keinen Fall mit ihm teilen, wollte diese Gelegenheit nur dazu nutzen, ihr nah zu sein. Die Meisterin versucht es erneut. Anderes Gefängnis für Kinder.

Otra cárcel para niños, sage ich. Ich würde mich gern setzen, weil mir immer schwindliger wird, aber der einzige freie Stuhl steht direkt neben dem Direktor, und darauf liegt seine Uniformmütze. Er schweigt. Wir schweigen alle drei.

Wo gibt es denn ein Jugendgefängnis?, schlägt die Meisterin als Frage vor.

Chilpancingo, sagt der Direktor, und es klingt wie ein Peitschenhieb.

Wo ist das?

Der Direktor zeigt mit dem Zeigefinger nach oben, was im Himmel oder im Norden bedeuten kann. Er zündet sich eine Zigarette an, ohne der Meisterin oder mir eine anzubieten.

Aha, sagt sie.

Chilpancingo. Chilpancingo, wiederholt er und nickt.

Ich lehne mich an die Wand in der Hoffnung, dass sie ein wenig kühler ist, aber sie ist so klebrig, dass ich erschrocken wieder von ihr abrücke. Bitte, lass uns gehen, flehe ich die Meisterin insgeheim an, ich will hier raus! Bitte! Doch sie bleibt ganz ruhig sitzen und starrt dem Direktor ins Gesicht.

Unvermittelt lächelt er. *Cuánto?,* fragt er leise.

How much?, übersetze ich.

How much?, wiederholt er und lächelt weiterhin feist die Meisterin an. Mich hat er kein einziges Mal angesehen. Arschloch. Ich bin beleidigt. Immerhin war es meine Idee, überhaupt hierherzukommen! Dass sie ursprünglich von Pe stammt, habe ich bereits vergessen.

We will see, sagt die Meisterin und steht abrupt auf.

Vamos a ver, übersetzt der Direktor selbst und bleibt sitzen. Wir wenden uns zum Gehen. Er bläst uns eine Wolke Rauch nach.

Motherfucker, murmelt die Meisterin auf dem Flur, was aus ihrem Mund überraschend klingt. Vor dem Gefängnis gibt es kein Taxi, wir gehen zu Fuß zurück. Die Sonne knallt vom Himmel, mir läuft der Schweiß hinunter, meine Zunge ist eingetrocknet. Sie sagt nichts mehr. Sehnsüchtig warte ich auf ein Wort von ihr, über den armen kleinen Fernando, den ekelhaften Gefängnisdirektor, aber schweigend setzt sie einen Fuß vor den anderen, mit großer Achtsamkeit, weil der Weg uneben ist und voller Löcher. Räudige, abgemagerte Hunde begleiten uns, sie sind feige und aufdringlich zugleich, ich habe Angst, dass sie von hinten nach meinen Beinen schnappen. Frauen in weiten Röcken und mit großen Bündeln auf dem Kopf sehen uns erstaunt nach, Kinder verfolgen uns lachend. Schweine, Esel, Hühner laufen frei herum. Es hat etwas Märchenhaftes, das ich genießen könnte, wenn ich nicht so großen Durst hätte. Ich kann nur noch daran denken. Zu gern würde ich an einem der kleinen Stände so eine Plastiktüte mit bunter Limonade kaufen, vor denen mich Pe eindringlich gewarnt hat, mir wäre es in diesem Augenblick egal, wenn ich danach mit Durchfall im Bett läge, aber ich wage nicht, meinen Wunsch zu äußern. Unablässig schreitet die Meisterin voran, und ich gehe in ihrem Schutz, werde von niemandem angemacht, angequatscht. Von hinten sieht sie in ihrem hellbraunen Kleid, den grauen Haaren und langweiligen Schuhen gar nicht so besonders aus, ganz anders als von vorn. Ich frage mich, ob sie Fernandos Geschichte aufschreiben wird und ob ich in ihr vorkommen werde. Vielleicht sollte ich mich anders geben, interessanter. Bisher weiß sie kaum etwas über mich. Hat mich nichts gefragt. Möglicherweise hat ihr Blake das eine oder andere erzählt, weil Pe von mir geredet hat. Aber wie würde er von mir sprechen? Die kleine Parasitin, die ich aus Deutschland mitgebracht habe? Sie ist faul und fängt nichts an mit ihrem Leben, aber sie hat eine junge, schöne Haut, und ich kenne jeden Leberfleck auf ihrem Rücken? Sie ist gelenkig und experimentierfreudig im Bett, und sie liest gern. Die Meisterin bleibt stehen und blickt zurück: Ich sterbe vor Durst, sagt sie, und schon strebt sie auf eine *cervecería* zu.

Drinnen ist es dunkel und angenehm kühl. Ein paar Männer mit großen Hüten sitzen an der Theke und drehen sich träge nach uns um. Die Meisterin geht geradewegs zum Barkeeper, hebt zwei Finger und sagt laut und deutlich: *Dos Equis.* Sie nimmt die eisgekühlten Flaschen in Empfang, achtet nicht auf die Gläser, drückt mir eine Flasche in die Hand, setzt die andere an die Lippen und trinkt sie in einem Zug aus. Ich bin schockiert, weil das so gar nicht zu ihr passen will. Sie grinst, auch das zum ersten Mal, sonst lächelt sie immer nur fein.

Ich bin Biertrinkerin, erklärt sie. Ich liebe Bier. Ich sollte nach Deutschland fahren. Da war ich noch nie. Gibt es nicht dieses Bierfest, wo alle wochenlang nur Bier trinken?

Oktoberfest, sage ich. Alle besoffen. Alle bekloppt.

Sie hält sich die kühle Flasche an die Wange. Ich habe lange auf einer *army base* gelebt, ich kann es mir vorstellen.

Mir fällt der schwule General ein, und ich verstehe jetzt, warum sie sich von dem uniformierten Gefängnisdirektor nicht hat einschüchtern lassen.

Mein Exmann war beim Militär. Du weißt es wahrscheinlich noch nicht, weil du so jung bist, aber man kann tatsächlich mehrere Leben leben.

Sie schaut die Bierflasche an, als lese sie das Etikett. Mein Sohn ist sehr, sehr wütend auf seinen Vater – und auch auf mich. Er lebt weit weg.

Wo?

Er gibt Englischunterricht in Thailand.

Sie wendet sich ab und gibt mir damit zu verstehen, dass das Thema beendet ist. Ich folge ihrem Blick, in einer Ecke tanzt eine Touristin mit Dreadlocks im kurzen Batikkleid langsam vor sich hin. Mexikanische Jodelmusik blökt verzerrt aus den Lautsprechern. Wir betrachten sie, bis die Frau unsere Blicke bemerkt. Prompt kommt sie auf uns zu. Sie ist hübsch, ein wenig verwahrlost, kaum älter als ich. Sie lächelt die Meisterin breit an. Hey Schwester, sagt sie auf Englisch, hast du vielleicht 'n bisschen Kleingeld?

Die Meisterin mustert sie ruhig. Wofür?, fragt sie.

Für 'n Bier, sagt die Frau, 'nen Taco, 'ne Zigarette – warum willst du das wissen?

Weil es mein Geld ist, das du willst, sagt die Meisterin, und ich gern entscheide, wofür ich mein Geld ausgebe.

Ich finde ihr Verhalten übertrieben, die Frau will doch höchstens ein paar Dollar, und in meiner Vorstellung hat die Meisterin genügend davon. Aber sie mustert die Frau so lange, bis die sagt: *Fuck you*, und sich mit einer einzigen Bewegung umdreht und in ihre Ecke zurückgeht. Ungerührt wendet sich die Meisterin mir zu: Und du? Was willst du machen mit deinem Leben?

Ich werde rot, als habe sie mich bei etwas erwischt. Schreiben, stammle ich. Ich möchte gern schreiben.

Sie lächelt nicht, sondern fragt: Und was schreibst du so?

Fast nichts, erwidere ich ehrlich. Tagebuch. Notizen.

Tagebuch schreiben ist kein schlechter Anfang, wenn man es wirklich jeden Tag macht und nicht nur, wenn es einem schlechtgeht.

Peng. Ich schreibe natürlich nur, wenn ich leide, was relativ häufig ist, weil Pe so ist, wie er ist. Das sage ich ihr genau so, und jetzt lächelt sie.

Wie viel Antrieb uns doch unsere vergeigten Liebesgeschichten geben! Das ist bei männlichen Schriftstellern nicht anders, denk an Goethe und seinen Werther.

Ich verstehe nicht gleich, weil sie Goethe und Werther amerikanisch ausspricht. Hat sie gerade einen Vergleich zwischen Goethe und mir gezogen und meine Liebesgeschichte mit Pe als vergeigt bezeichnet? Verwirrt blinzle ich.

Was liest du?, fragt sie.

Fitzgerald, Carver, Beattie, Čechov, zähle ich schnell auf.

Sie nickt zustimmend. Kennst du Richard Bausch, Andre Dubus, Alice Munro?

Ich schüttle den Kopf, merke mir aber die Namen wie einen Zauberspruch. Traue mich, ihr eine Frage zu stellen: Was schreiben Sie, wenn Sie jeden Tag um elf in Ihr Zimmer gehen?

Sie streicht sich den grauen Bob glatt, nimmt die Schultern zurück, sieht mir gerade in die Augen und sagt: *Shit.* Meistens schreibe ich *shit.* Aber ich denke, es ist besser, wenn ich *shit* schreibe, als wenn ich nichts schreibe, denn wenn ich nichts schreibe, entmutigt es mich mehr, als wenn ich *shit* schreibe. Ich genieße einfach, dass ich es jeden Tag machen darf und nicht mehr heimlich und nebenbei wie früher, als ich noch Hausfrau und Mutter war. Ich habe in einer Zeit angefangen zu schreiben, als es für Frauen kein wirklicher Beruf war, eher ein Hobby, so wie Aquarellieren. Männer waren Schriftsteller. Fühlten sich berufen. Taten nichts anderes. Ich habe früher den Auflauf in den Ofen geschoben, schnell am Küchentisch ein paar Zeilen geschrieben, den Auflauf wieder rausgeholt oder oft genug auch vergessen. Du hast es da besser. Dir wird man zugestehen, dass du schreibst.

Ich schreibe ja noch gar nicht, sollte ich sagen, schweige jedoch.

Das Schreiben selbst ist natürlich Folter, das ist klar, sagt sie fröhlich. Man geht Tag für Tag in den Dschungel und hofft, dass man nicht gefressen wird. Man kämpft Tag für Tag mit der Ananas.

Das verstehe ich nicht, sage ich.

Man kommt nirgendwohin. Sie tätschelt mir unverhofft die Schulter, legt ein paar Pesos auf die Theke für das Bier. Und was machen wir jetzt mit unserem Fernando?

Unser Fernando. Wir besuchten ihn jeden Tag. Um Punkt drei Uhr wartete sie auf mich in der Lobby. Jeden Tag wieder fürchtete ich mich vor dem Gestank, der Hitze, der Enge, den anzüglichen Blicken der Männer, vor Fernandos erschrockenen Augen, dem Wachmann, der uns manchmal nur drei Minuten gab, manchmal aber auch zehn, die so langsam verstrichen, dass ich am liebsten geflohen wäre. Jedes Mal wurde es schlimmer. Der Meisterin dagegen schien das alles nichts anzuhaben. Sie ging jeden Tag so ins Gefängnis, wie sie um elf die Treppe zu ihrem Zimmer hinaufging: elegant, diszipliniert, selbstbewusst, kühl. Ich bewunderte sie so sehr, dass es mir fast peinlich war. Ich bereute zwar, dass ich Fernandos Geschichte ins Spiel hatte bringen müssen, um sie jeden Tag zu treffen, aber unsere Verabredung war mir heilig, und praktisch war sie auch. Pe sah ein, dass der gefangene Junge betreut werden musste. Ein tägliches mehrstündiges Treffen mit der Meisterin zum Kaffeetrinken hätte er kaum akzeptiert. Gleichzeitig machte er sich über uns lustig und nannte uns *jail hummingbirds*, Gefängniskolibris, die die *jail birds*, die Knastvögel, besuchten.

Auf dem Hinweg im Taxi sprachen die Meisterin und ich wenig. Wenn wir in den Vorraum der Zelle traten, brüllte der Wachmann Fernandos Namen in den saunaheißen Raum, die Gefangenen bewegten sich träge und ließen Fernando vor bis zu den Gitterstäben, an die er sich krallte, als würde er sonst umfallen. Jedes Mal wieder fragte ich ihn, wie es ihm gehe, manchmal nickte er, einmal sagte er sogar: *bien*, obwohl deutlich zu sehen war, dass das nicht stimmte. Sie hatten ihm zwar am Bein einen neuen Verband gemacht, aber der Junge wurde immer blasser und wirkte immer schwächer. Anscheinend konnten die Gefangenen sich nie hinsetzen, geschweige denn hinlegen, es war uns ein Rätsel, wie man das durchhielt. Wenn ich den Wachmann auf Geheiß der Meisterin jeden Tag wieder danach fragte, sagte er immer nur: *No te preocupes*, mach dir mal keine Sorgen, und bleckte seine goldgefassten Zähne.

Einmal griff ein Mann durch die Gitterstäbe nach mir, bekam mich am T-Shirt zu fassen und zog mich zu sich heran, sein fauliger Mundgeruch schlug mir entgegen, er wollte mir etwas zuflüstern, da schlug ihm der Wachmann schon mit dem Knüppel auf die Finger, dass er aufheulte und sich in die Menge zurückzog. Fernando zuckte zusammen, sein Blick flackerte. Ich sehnte den Augenblick herbei, wo der Wachmann mir grob auf die Schulter tippen würde, immer nur mir, die Meisterin traute er sich wohl nicht anzufassen, und uns aufforderte zu gehen.

Inzwischen ließ die Meisterin das Taxi für die Rückfahrt ins Hotel vor dem Gefängnis warten, was ich sehr bedauerte, ich hatte gehofft, dass die Belohnung für den Knastbesuch der Abstecher in die Bar sein würde und ich sie weiter nach den Geheimnissen des Schreibens ausfragen könnte. Im Anschluss an unser erstes Gespräch hatte ich mir sofort vorgenommen, jeden Tag Tagebuch zu führen, immer gleich nach dem Frühstück damit anzufangen, einfach am Tisch sitzen zu bleiben und Pe schon an den Strand gehen zu lassen.

Die Kellnerinnen räumten um mich herum auf, wischten die Krümel von der Tischdecke, lächelten mir freundlich zu. Aber kaum waren sie und die letzten Gäste verschwunden, senkte sich eine Art Stupor über mich, meine Hand wurde langsamer, ich sah den Wörtern zu, die nur noch im Schneckentempo über das Papier krochen, und bald hörte ich auf. Starrte vor mich hin. Spürte die Leere und Einsamkeit um mich herum wachsen wie eine Hecke, die mich einzuschließen drohte, bis ich aufsprang und ans Meer hinunterlief.

Dort lag sie bereits auf ihrer Liege und las, Blake und Pe standen im Wasser und machten ihre bekloppten Übungen. Alle hatten etwas zu tun, nur ich nicht.

Zum Gefängnisdirektor wurden wir nicht wieder vorgelassen. Er wollte eine Zahl von uns hören. *Cuánto?* Während des Abendessens gingen die Meisterin und ich von Tisch zu Tisch und trugen

unser Anliegen vor. *Ein Junge im Gefängnis, angeschossen, minderjährig, er braucht Hilfe. Unsere
Hilfe.* Ich auf Deutsch für die Gäste aus Deutschland, Österreich und der Schweiz, sie auf Englisch
für den Rest der Welt. Wir waren nicht sonderlich
erfolgreich. Die Gäste, zumeist reiche, ältere Herr-
schaften in für die Tropen lächerlich feiner Abend-
garderobe, die Frauen mit großen Ringen an den
faltigen Fingern, die Männer mit fetten Uhren, hör-
ten uns zwar höflich zu, schüttelten dann aber die
Köpfe. Die Männer schüttelten sie entschiedener
als die Frauen. Die Frauen schüttelten sie erst, wenn
die Männer sie schüttelten.

Die Deutschen winkten am schnellsten ab. Die
Schweizer sahen uns stoisch ins Gesicht. Die Öster-
reicher boten uns einen Platz am Tisch an. Die
Amerikaner stellten Fragen. Warum wir uns ein-
mischten? Das sei doch eine mexikanische Angelegenheit, und was wir davon halten würden, wenn
Touristen sich in den USA für einen amerikanischen
Gefangenen einsetzen würden? Kurz und schnip-
pisch antwortete die Meisterin: Ich würde mir das
sehr wünschen! Das allgemeine Kopfschütteln ließ
sie ungerührt, machte mich aber aggressiv. Ich erzählte unsere Geschichte immer knapper und wollte bald am liebsten zuschlagen, wenn die Ehefrau
bereits wieder in ihrem Essen stocherte und der

Mann auf seine Uhr sah. Die Meisterin sagte immer ganz freundlich: *Thank you for listening and have a wonderful evening.* Sie schmückte die Geschichte immer mehr aus, redete von Fernandos Mutter, die alt und gebrechlich sei und jetzt überhaupt kein Auskommen mehr habe, nicht wisse, wie sie überleben solle. Wir hatten Fernandos Mutter bisher nicht kennengelernt, aber sie kam bei den Frauen gut an, und das war dann oft der Punkt, an dem die Frauen ihren Ehemännern etwas zuwisperten, die daraufhin widerwillig ihr Portemonnaie zückten und uns zwanzig Dollar zusteckten, manchmal auch fünfzig, ein einziges Mal hundert. Die Frauen schienen nie ein eigenes Portemonnaie zu besitzen, was ich bestürzend fand. Nach unserer Tour der Erniedrigung kehrten wir an unseren Tisch zurück, wo Blake und Pe zusammensaßen, Tequila tranken und albern kicherten. Sie nannten uns *the good girls* und sich selbst die *bad boys.*

Wir sind so schlecht und unsere Frauen sind so gut, sagte Blake.

Quatsch, erwiderte die Meisterin, ich bin eine Vampirin und Diebin.

Mmm, sagte Pe und schleckte sich die Lippen, das klingt gut! Diebin und Vampirin. Steigst du nachts über die Dächer des Hotels und klaust den Damen den Schmuck? Beißt du Blake in den Hals?

Blake hielt sich stöhnend den Hals. Jede Nacht. Ich sag's dir, das ist nicht lustig.

Die Meisterin lachte. Aber er mag es.

Was klaust du denn?, fragte Pe. Ich bin neugierig.

Obwohl es dasselbe *you* war, mit dem ich die Meisterin ansprach, hatte ich das deutliche Gefühl, dass er sie duzte, während ich sie weiterhin siezte. Sie war mehr als zehn Jahre älter als er, trotzdem hatten die beiden eine andere Nähe. Sie nahmen sich gegenseitig nicht ganz ernst, ich dagegen vergötterte die Meisterin.

Ich klaue Geschichten, sagte sie. Ich bin immer in Diebeslaune. Deshalb bin ich kein guter Mensch.

Bist du doch, widersprach Blake.

Ach, du! Sie hängte sich bei ihm ein und legte ihren Kopf auf seine Schulter. Es war das erste Mal, fiel mir auf, dass ich sah, wie die beiden sich berührten. Reflexartig rückte ich näher an Pe heran, der mir eigentlich gerade gar nicht gefiel mit seiner blöden, ironischen Art, und nahm seine Hand. Er reagierte nicht darauf, entzog sie mir gleich, um nach seinem Tequilaglas zu greifen.

Sie ist berühmt, sagte Blake. Das wisst ihr vielleicht gar nicht.

Hör auf, sagte die Meisterin streng.

Na ja, sagte Blake, es kann doch sein, dass die beiden das gar nicht wissen.

Hör auf, wiederholte sie.

Ihre Bücher sind Bestseller, sie hat so viele Literaturpreise im Schrank wie andere Leute Teller. Die Kritiker schlecken ihr die Füße und nennen sie den »weiblichen Hemingway«.

Hörst du bitte damit auf?, sagte die Meisterin leise mit gesenktem Blick. Es entstand eine unangenehme Pause.

O.k., die Diebin hätten wir geklärt, sagte Pe. Aber was ist mit der Vampirin?

Die Meisterin seufzte. Ich fürchte, die ist noch ein bisschen unangenehmer als die Diebin. Die Vampirin will nur dein Blut, nur deine Geschichte, du bist ihr letzten Endes vollkommen gleichgültig. Wenn sie genug hat, geht sie, und du bleibst zu Tode verletzt zurück. Die Diebin lässt dir dein Leben, die Vampirin nicht unbedingt.

Bad girl, sagte Pe. *What a bad, bad girl you are.*

Anerkennend lächelte er sie so lange an, bis sie zurücklächelte. Eifersüchtig beobachteten Blake und ich sie dabei.

Und saugst du auch diesem Fernando das Blut aus?, fragte Pe. Mir wurde heiß, ich hatte das Gefühl, er käme mir auf die Schliche.

Die Meisterin dachte nach, schüttelte dann den Kopf. Ich glaube nicht, dazu interessiert mich seine Geschichte nicht genug.

Ich war ein wenig beleidigt, denn mit Fernandos Geschichte hatte ich sie immerhin geködert.

Ich bin mir noch nicht ganz sicher. In einen Vampir verwandle ich mich oft ganz plötzlich und ohne Vorwarnung.

Ich bekomme Angst. Pe grinste die Meisterin an. Und schreibt sie auch über dich?, fragte er Blake.

Schnell, als habe er die Frage schon oft beantwortet, sagte Blake: Ich bin uninteressant. Ich habe keine gute Geschichte.

Das sind nur seine Minderwertigkeitskomplexe, sagte die Meisterin, und jetzt lachten alle, außer mir.

Später im Hotelzimmer markierte Pe mein Gesicht mit dem Kugelschreiber für mögliche Schönheitsoperationen.

Du wirst Tränensäcke bekommen, kicherte er betrunken. Und einen Schildkrötenhals so mit fünfundfünzig.

Wie alt, glaubst du, ist sie?, fragte ich ihn.

Anfang fünfzig. Mindestens.

Sieht aber noch gut aus, oder?

Geht so.

Sie ist attraktiv, findest du nicht? Blake und sie passen nicht so richtig zusammen, sagte ich.

So wie wir, sagte Pe. Er betet sie an. Richtig rührend. Er liest keine Bücher, aber hält das Schreiben für eine göttliche Angelegenheit.

Du liest auch keine Bücher, hielt ich ihm vor. Keine Literatur.

Ich mag keine erfundenen Geschichten. Das hat was Falsches an sich. Mag ich einfach nicht.

Ich schwieg und war mir beinahe sicher, dass ich nicht weiter mit Pe zusammenleben wollte.

Er passt auf sie auf, fuhr Pe fort. Sie leidet unter Depressionen.

Das glaube ich nicht, rief ich, das glaube ich einfach nicht!

Wen interessiert's?, sagte Pe. Künstler müssen leiden. Heißt es nicht so?

Ihren letzten Tag am Strand verbringt die Meisterin wie immer. Später werden wir ein letztes Mal zusammen ins Gefängnis gehen. Nur dreihundertvierzig Dollar haben wir eingesammelt. Pe hat keinen einzigen Dollar gespendet, was ich ihm schlecht vorwerfen kann, denn er bezahlt ja bereits für mich. Die Meisterin geht, um zu schreiben. Pe klappt sein Lehrbuch zu, fragt Blake, der wie immer seine Übungen macht, ob er Lust auf einen Besuch in der Strandbar habe. Ich ziehe mir Pes Oberhemd über, das ich so gern trage, weil es mir das Gefühl gibt, ihm nah zu sein, und trotte hinter den beiden her, betrachte ihre trotz Gymnastik weichen Hintern in den Badehosen, ihre leichten Hüftspeckgürtel.

Von hinten sehen sie aus wie Zwillinge. Der Mann mit dem Krokodil begrüßt mich wie eine alte Bekannte, die beiden Männer streift er mit neugierigem Blick, er kann sich keinen Reim darauf machen. Am liebsten würde ich mich neben ihn setzen, seine Geschichte hören, wie er zu dem Krokodil kam, ein bisschen Diebinnentraining betreiben, doch ich traue mich nicht. Im Herzen bin ich eine Diebin, aber noch klaue ich nur Lippenstifte und Bücher.

Pe bestellt Bier und *ceviche* für alle, köstlichen rohen Fisch, eingelegt in Limettensauce. Ich möchte statt Bier lieber Kokossaft trinken, und sofort kommt ein junger Mann in meinem Alter angerannt, eine Machete in der Hand. Er hat ein indianisches Gesicht, schmale schwarze Augen und hohe Wangenknochen, er ist schön wie ein Model, trägt nur eine blaue, enge Badehose. Mit einem Hieb spaltet er die Kokosnuss, steckt einen Strohhalm in die Öffnung, reicht sie mir mit einem charmanten Lächeln, sieht mich fragend an: Was machst du hier mit den alten Knackern? Komm mit mir, ich zeig dir was …

Pe und Blake bemerken nichts von diesem stummen Austausch, sie sind vertieft in ein langweiliges Gespräch über deutsche Autos und amerikanische Telefone. Sie trinken mehr, als dass sie essen, also esse ich fast das ganze *ceviche* allein auf und wechsle weiterhin Blicke mit dem Kokosnussverkäufer, der sich in eine Hängematte unweit von unseren Tischen geworfen hat. Mit jedem Schaukeln kommt er ein wenig auf mich zu und sieht mich über den Rand der Hängematte an. Ich flirte mit ihm, weil ich mich mit Blake und Pe in Sicherheit fühle. Mir wird leicht schwummerig, was ich auf die Hitze schiebe, wenig später bricht mir kalter Schweiß aus, und ohne weitere Vorwarnung spüre ich, wie sich meine Gedärme plötzlich entleeren, einfach so. Als würde ein Eimer ausgeschüttet. Etwas Weiches, Warmes breitet sich zwischen meinen Beinen aus. Vor Entsetzen bin ich seltsam nüchtern. Ein Klo gibt es hier nicht. Ich trage nur das weiße Oberhemd. Aufstehen kann ich nicht. Sitzen bleiben auch nicht mehr lange, denn mir ist so schwindlig, dass ich drohe, mit dem Kopf auf den Tisch zu sinken. Fast distanziert betrachte ich meine ausweglose Lage. Alle werden mich so sehen: Pe, Blake, der junge Mann in der Hängematte, die anderen Touristen, die jetzt noch rechts und links vor sich hin schwatzen, sie werden verstummen und mich anstarren, angeekelt und belustigt zugleich. Blake und Pe fällt noch nichts auf. Eine große Uhr tickt in meinem Kopf, während sich mein Inneres mit schmerzhafter Anstrengung von innen nach außen stülpt. Sollte ich mir wünschen, ohnmächtig zu werden, oder würde das die Schmach noch erhöhen? Mein eigener Gestank dringt mir in die Nase. Es gibt keinen Ausweg. Ich bin erledigt.

Pe, sage ich leise, sie ist da. Moctezumas Rache. Er reagiert nicht, redet weiter mit Blake. Pe, murmele ich, Hilfe. Ich zerre an seinem Arm, überrascht sieht er mich an, dann an mir herunter, kapiert. Er zieht die Luft zwischen den Zähnen ein, steht auf, geht zum Holzgeländer, auf dem verschiedene fremde Handtücher hängen, greift sich eins, kommt damit zurück. Leg es dir um und lauf ins Meer, sagt er zu mir auf Deutsch.

Ich glaub, ich kann nicht, sage ich, ich bin plötzlich so schwach.

Are you okay?, fragt Blake.

Ich nicke, höre Pe deutlich seufzen. Du hast geseufzt, werfe ich ihm später vor. Du hast ganz laut geseufzt.

Er wirft mir das Handtuch von hinten um die Hüften, packt mich, hebt mich hoch und wankt die Holzstufen hinunter. Hey, das ist mein Handtuch, höre ich eine Frau rufen. Er trägt mich ins Meer, pflügt durchs Wasser, ich habe meine Arme um seinen Hals geschlungen, ich liebe ihn mit einem Mal wieder, meinen Retter. Unvermittelt lässt er mich fallen, ich gehe unter, als ich wieder auftauche, ist Pe bereits ein paar Schritte von mir weggegangen und betrachtet mich mit verzogenem Gesicht. Ich wasche mich ab, fliehe nun selbst vor den braunen Flocken, die an der Wasseroberfläche treiben. Nicht so schlimm eigentlich, denke ich, nur organisches Material, so ähnlich wie Pferdeäppel. Ich versuche zu grinsen, aber Pe grinst nicht zurück.

Ist es vorbei?, ruft er mir zu. Oder geht's weiter?

Es ist nicht vorbei. Er bringt mich ins Bett. Gibt mir Elotrans zu trinken, er ist Arzt, er hat alles dabei. Seine Fürsorge ist sachlich und fachkundig, aber nicht liebevoll. Weit öffnet er die Badezimmertür, blockiert sie mit dem Papierkorb, damit ich schnell aufs Klo rennen kann, wenn es wieder losgeht. Und dann wünscht er mir noch alles Gute und verlässt mich. Die nächsten Stunden verbringe ich mit meinen Eingeweiden. Keinen anderen Gedanken kann ich fassen. Und erst als der Rhythmus langsamer wird, fällt mir ein, dass ich die Meisterin im Stich gelassen habe. Sie wird auf mich gewartet haben in der Lobby, verärgert wird sie schließlich allein losgefahren sein, sie wird sich gedacht haben, dass auf mich kein Verlass ist, dass ich eine dumme, junge Pute bin, ohne Durchhaltevermögen, eine Versagerin. Ausgerechnet heute, an unserem letzten Tag zusammen, an dem sie dem Gefängnisdirektor das gesammelte Geld zuschieben will, fehle ich.

Am späten Nachmittag klopft es an der Tür. Mit schwächerer Stimme als nötig antworte ich, und die Meisterin tritt ein. Setzt sich auf die Bettkante, legt mir ohne Umschweife die Hand auf die Stirn. *Pobrecita*, du Ärmste, sagt sie, aber wenn Moctezuma nicht wenigstens einmal Rache nimmt, warst du nicht wirklich in Mexiko.

Ich möchte sterben, jammere ich.

Es ist scheußlich, ich weiß.

Widerlich.

Ekelhaft.

Horroroso, sage ich und kann jetzt wieder lächeln. Meine Gesichtszüge fühlen sich ganz ausgetrocknet an. Es tut mir so leid, dass ich Sie heute im Stich gelassen habe.

Papperlapp. Ich habe gute Nachrichten. Fernando wird verlegt. In das Jugendgefängnis von Chilpancingo.

Ich versuche mich zu freuen. Das ist ja toll!

Sie strahlt. Schon nächste Woche. Und unser Liebling, der Gefängnisdirektor, lädt uns ein, mit dem Transport mitzufahren, um zu überprüfen, ob alles mit rechten Dingen zugeht. Als hätte er Kreide gefressen … Was ein bisschen Geld doch ausmacht.

Ich frage nicht, ob sie am Ende Geld draufgelegt hat, obwohl es mich brennend interessiert.

Es ist wirklich zu blöd, dass wir morgen früh

schon abfahren, sagt sie und sieht mich an. Mein Sohn kommt. Weihnachten. Der ganze Kram…

Ich nicke. Fürchte mich vor Weihnachten. Bisher hat Pe kein Wort darüber verloren. Die Meisterin weiß, dass wir noch eine weitere Woche bleiben. Erwartet sie von mir, dass ich Fernandos Transport nach Chilpancingo begleite? Allein mit bewaffneten Männern in einem Gefängnisbus weit in den Norden fahre? Ich schließe die Augen, täusche Schwäche vor. Sie geht ins Badezimmer, kehrt mit einem nassen Waschlappen zurück, legt ihn mir behutsam auf die Stirn. Das tut so gut, dass mir die Tränen kommen.

Leise sagt sie: Du wirkst traurig und einsam, und das liegt nicht an Moctezuma.

Vor Scham ziehe ich mir den Waschlappen über die Augen. Ich spüre ihre Körperwärme neben mir auf dem Bett.

Ich bin eine einsame Frau, sagt sie, das hast du bestimmt schon gemerkt. Ich erkenne Einsamkeit. Aber ich bin sehr viel älter als du, und ich kann mit meiner Einsamkeit ganz gut leben. Du bist jung, und für dich muss es schwierig sein, deine Einsamkeit zu akzeptieren. Du kämpfst sicherlich dagegen an.

Ich weine heiße Tränen in den kühlen Waschlappen.

Weißt du, die Jugend ist die einsamste Zeit von allen. Es wird besser. Durch andere wirst du die Einsamkeit nicht los. Auch durch mich nicht. Du musst dich anderswo nach Trost umsehen. Schreiben hilft. Ein bisschen. Sie tätschelt mir die Hand. Komm mich doch mal besuchen, in San Francisco. Ich würde mich freuen. O.k.?

O.k., sage ich und schnüffle vor mich hin.

Na, dann. Sie steht auf. Alles Gute. Und schreib. Das willst du doch, oder?

Ich nicke, möchte sie festhalten, mit ihr nach San Francisco fahren, bei ihr leben.

Also schreib. Es gibt ein einziges Geheimnis: Schreib jeden Tag. Und bleib sitzen, wenn dir nichts einfällt. Einfach nur sitzen bleiben.

Sie lächelt mir kurz zu, geht zur Tür, öffnet sie, verschwindet. Ich heule jetzt laut. Und so lange, bis ich nicht mehr kann.

Als ich am nächsten Tag auf wackligen Beinen das Zimmer verließ, war sie bereits abgefahren. An der Rezeption hatte sie einen Zettel mit ihrer Adresse und Telefonnummer in San Francisco hinterlassen. Ohne Gruß. Ohne weitere Aufmunterung, die ich mir insgeheim erhofft hatte. Dennoch verwahrte ich diesen Zettel wie einen Schatz, einen Talisman. Trug ihn immer mit mir herum.

Ohne Blake und die Meisterin wurde das Hotelleben mit einem Schlag erstickend langweilig. Die tägliche Routine fühlte sich öde an. Selbst das überbordende Frühstücksbuffet machte mir keinen Spaß mehr. Fast wie zur Arbeit gingen wir weiterhin an den Strand. Pe machte Blakes Übungen, ich saß im Schatten und versuchte zu schreiben, was nicht klappte. Ich versuchte, »sitzen zu bleiben«, aber wenn ich schrieb, hatte ich das Gefühl, ich würde meine Stimme verstellen. Es klang unehrlich. Falsch. Nach wenigen Sätzen verließ mich der Mut. Sei eine Diebin! Eine Vampirin!, murmelte ich wie ein Mantra vor mich hin. Aber wen sollte ich bestehlen? Wem das Blut aussaugen?

Ich stand auf, wanderte am Strand entlang, strich um den Mann mit dem Krokodil herum, fragte ihn scheinbar beiläufig, woher er das Krokodil habe. Ein Geschenk, sagte er. Von wem? Bruder. Warum? Er zuckte die Achseln. Ich empfand mich bereits als aufdringlich. *Gracias,* sagte ich, und er sah mich erstaunt an.

Ich stand so lange unschlüssig herum, bis die Mariachi-Gruppe mich überfiel, sich nicht abschütteln ließ und mir bis zu unserem Sonnenschirm folgte. Als sie Pe erblickten, wussten sie, dass sich eine Chance zum Geldverdienen bot, und so fragten sie, ob wir ein lustiges oder trauriges Lied wünschten. Traurig, sagte ich wie aus der Pistole geschossen, und sie stimmten ein elegisches Lied über den Tod und das Leben an, ich schrieb die Worte mit: *A mí no me importa nada, pa' mí la vida es un sueño.* Mir ist alles egal, für mich ist das Leben nur ein Traum.

Die fünf Mariachis waren alle weit über sechzig, ihre Gesichter gegerbt wie alte Lederhandtaschen, ihre Instrumente notdürftig geflickt mit Tesafilm und Pflaster. Der Schweiß lief unter ihren Sombreros durch die tiefen Falten ihrer Haut, aber voller Emphase sangen sie ihr Lied, und wiegten sich steif in den Hüften.

> *Cantando voy por la vida*
> *yo tomo cuándo yo quiero*
> *no miento soy muy sincero*
> *y soy como las gaviotas*
> *volando de puerto en puerto*
> *yo sé que la vida es corta*
> *al fin que también la debo*

Singend ziehe ich durchs Leben, ich saufe, wann ich will, ich lüge nicht, bin ehrlich. Ich bin wie die Möwen, fliege von Hafen zu Hafen. Ich weiß, das Leben ist kurz, am Ende muss ich es hergeben.

El día que yo me muera
no voy a llevarme nada
hay que darle gusto al gusto
la vida pronto se acaba
lo que pasó en este mundo
nomás los recuerdos quedan
ya muerto voy a llevarme
nomás un puño de tierra.

Am Tag, an dem ich sterbe, werde ich nichts mitnehmen. Man muss das Leben genießen, bald ist es vorbei. Was in dieser Welt geschieht, sind dann nur noch Erinnerungen. Wenn ich tot bin, nehme ich nichts weiter mit als eine Handvoll Erde. Ich schrieb, sie sangen, ich war gerührt, und mir kamen fast die Tränen. Pe lachte und fand das Ganze ultrakitschig. Er bezahlte sie allerdings weit über die verlangten paar Pesos hinaus, und dafür mochte ich ihn.

Fernando allein im Gefängnis zu besuchen ängstigte mich, aber ich fühlte mich der Meisterin gegenüber verpflichtet.

Bitte, bitte, komm doch mit, flehte ich Pe an.

Das ist deine Angelegenheit, sagte er.

Wenn ich dich doch bitte!

Sie ist doch weg. Du brauchst ja nicht mehr hin.

Meinst du, ich bin nur ihretwegen hingegangen, oder was?

Ja, sagte er knapp.

Er untersuchte die Haut an seinen Schultern, die sich nach dem Sonnenbrand pellte, was ihm als Dermatologe peinlich war. Ich werde dich verlassen, dachte ich. Ich werde dich verlassen, und du weißt es noch nicht.

Ich ging an diesem Tag nicht und entschuldigte es damit, dass ich mich noch erholen musste. Ich ging am nächsten Tag nicht, weil es heißer war als an allen Tagen davor. Am übernächsten trat Pe in einen Seeigel, und ich fand, ich könne ihn nicht allein lassen. Er lag im Bett und zog sich wimmernd vor Schmerz mit einer Pinzette die Stacheln aus dem Fuß. Mit untrüglichem Gespür für den falschen Zeitpunkt fragte ich ihn, ob er mich liebe. Er ließ die Pinzette sinken und sah mich entgeistert an. Kannst du es mir nicht einfach sagen, fuhr ich fort. Ja oder nein?

Weder ja noch nein, sagte er.

Was soll das denn heißen?, schrie ich. Entweder ja oder nein!

Was willst du von mir?, fragte er ruhig.

Seine Ruhe machte mich wütend. Bitte, flehte ich, sag es mir doch einfach.

Warum willst du das wissen?

Damit ich weiß, was ich selbst empfinde, dachte ich. Ich will es einfach wissen, sagte ich. Es macht mich unglücklich, wenn ich es nicht weiß.

Ich bin hier, das muss dir reichen.

Es reicht mir aber nicht. Ich weinte jetzt.

Er zuckte die Achseln. Ich schlug ihm mit der Faust auf den Arm. Er wehrte den Schlag ab, indem er den Arm hob, beachtete mich nicht weiter. Also schlug ich ihn erneut und traf ihn am Ohr. Langsam wandte er den Kopf und sah mich an. Immer noch ruhig legte er die Pinzette auf dem Nachttisch ab und holte aus. Ich prallte mit dem Kopf gegen die Wand und fiel vom Bett. Er nahm die Pinzette, stand auf und humpelte ins Bad. Ich hörte auf zu weinen, hielt mir die Backe, zog mich an und machte mich auf den Weg zum Gefängnis.

Weil ich das Taxigeld sparen wollte, ging ich zu Fuß. Ohne die Meisterin wurde es zu einem Spießrutenlauf. Junge Männer folgten mir und überschütteten mich mit Obszönitäten. Die Frauen betrachteten mich verächtlich, die Kinder liefen kreischend neben mir her. Ich versuchte, nicht den Blick zu heben, gefasst einen Fuß vor den anderen zu setzen, mein wie rasend schlagendes Herz zu ignorieren. Als ich im Gefängnis ankam, war ich schweißüberströmt und so erschöpft, dass ich Angst hatte, ohnmächtig zu werden. Die Männer hinter den Gitterstäben begrüßten mich johlend: Wo ist deine Mama? Wo ist die Tante?, riefen sie.

Was willst du?, fragte mich der Wachmann, als wäre ich noch nie hier gewesen.

Ich möchte Fernando sehen, sagte ich leise.

Sie möchte Fernando sehen, sagte er grinsend zu den Männern hinter den Gittern. Aber sie ließen Fernando nicht durch, bis der Wachmann etwas schrie und mit dem Stock auf ihre Hände an den Gitterstäben schlug. Fernando kam nach vorn, wahrscheinlich hatte er bereits die Hoffnung aufgegeben, er sah mich verschreckt und verwundert an, ich wollte ihm sagen, dass er keine Angst zu haben brauche, dass ich mit ihm nach Chilpancingo fahren würde, aber ich brachte es nicht über die Lippen. Ob er überhaupt von dem Verlegungsplan wusste? Ich sehnte jetzt schon den Augenblick herbei, wenn der Wachmann mir auf die Schulter tippen und die Besuchszeit für beendet erklären würde. Die Minuten tropften unendlich langsam vorbei, ich murmelte die Floskeln wie bei jedem Besuch. Wie geht es dir? Wie geht es deinem Bein? Fernando murmelte, *bien, bien,* und dann schwiegen wir und sahen uns an, und je länger wir uns in die Augen sahen, umso mehr hatte ich das Gefühl, dass er der Stärkere von uns beiden war. Ich wandte mich um zu dem Wachmann, der in einer Ecke auf einem Schemel saß und rauchte und offenbar überhaupt kein Interesse daran hatte, dass ich ging. Alle Regeln schienen ohne die Meisterin außer Kraft gesetzt. Jetzt betrat eine kleine Frau den Vorraum, wo doch sonst immer darauf geachtet worden war, dass keine anderen Besucher gleichzeitig mit uns vorgelassen wurden. Sie nahmen mich nicht ernst, ohne die Meisterin. Ich war so uninteressant wie ein Gecko an der Wand. Die kleine Frau trug einen weiten Rock und eine bestickte, zerfranste Bluse, ein langer schwarzer Zopf hing über ihren Rücken. Sie hatte eine Plastiktüte in der Hand und ging geradewegs auf Fernando zu. Ich trat zur Seite. Sie sah mich nicht an, sondern streckte die Hand durch das Gitter und tätschelte ihm den Kopf. Aus der Plastiktüte holte sie eine *quesadilla* hervor und fütterte ihn damit. Hungrig verschlang er die kleinen Stückchen, die sie ihm in den Mund schob. Wieso waren wir nie auf die Idee gekommen, ihm etwas zu essen mitzubringen? Die Frau war etwa Mitte dreißig, und langsam dämmerte mir, dass sie die Mutter von Fernando sein musste. Ich fragte sie, und sie nickte, sie fuhr sich mit dem Handrücken über die Augen, um Tränen abzuwischen. Kaum hatte Fernando aufgegessen, küsste sie ihn durch die Gitterstäbe hindurch, ohne dass der Wachmann einschritt oder irgendwie reagierte. Sie murmelte etwas, was so klang wie »bis bald«, und ging. War sie jeden Tag hergekommen?

Ich verabschiedete mich ebenfalls von Fernando, sagte ebenfalls »bis bald«, obwohl ich mir nicht sicher war, ob ich je wiederkommen würde.

Als ich aus dem Gefängnis in das gleißende Sonnenlicht trat, sah ich Fernandos Mutter auf der gegenüberliegenden Straßenseite hocken. An ihrem zuckenden Rücken erkannte ich, dass sie weinte. Ich überquerte die Straße, und strich ihr zögerlich über den Rücken. Sie blickte auf und rief klagend: Sie bringen ihn nach Chilpancingo! Nach Chilpancingo! So weit weg! Ich kann ihn nicht mehr sehen! Nicht mehr besuchen!

Sie verbarg ihr Gesicht zwischen den Knien. Schwitzend stand ich neben ihr. Was würde die Meisterin sagen, wenn sie davon erführe? Ich musste sie anrufen, sofort anrufen. Doch was würde sie sagen? *Oh, that's too bad.* Die arme Mutter. Aber ist es nicht trotzdem besser, wenn er in ein Jugendgefängnis verlegt wird, wo er unter seinesgleichen ist und vielleicht sogar lesen und schreiben lernt? Ich wusste es nicht. Wusste gar nichts mehr, und dieses Gefühl war, wie von einem Mückenschwarm überfallen zu werden und sich nicht wehren zu können. Hilflos stand ich neben Fernandos weinender Mutter. Mir fiel nichts anderes ein, als mein Portemonnaie zu zücken und ihr meine letzten vierzig Dollar zu geben. Ich hatte mich eingemischt und alles nur noch schlimmer gemacht. Sie nahm das Geld, ohne mich anzusehen, stand auf und ging wortlos davon. Ihr schwarzer Zopf wippte nicht, sondern lag schwer und unbeweglich wie eine dicke Schlange auf ihrem Rücken.

Aus Deutschland schrieb ich einige Wochen später an die Meisterin: Es tut mir so leid. Ich wollte Sie auf keinen Fall enttäuschen. Auf gar keinen Fall. Niemals hätte ich geahnt, dass es so ausgehen würde. Ich kann nur sagen: Ich habe mich bemüht. Wirklich bemüht. So genau wie möglich werde ich Ihnen hier beschreiben, was geschehen ist. Auch wenn es peinlich für mich ist. Aber das ist schließlich das Einzige, was ich tun kann: davon erzählen. Pünktlich um acht Uhr sind wir also nach Chilpancingo losgefahren. Sie hatten Fernando eine Jogginghose und ein Hemd angezogen, auf dem stand »California«, so als wären Sie doch dabei. Zwei Polizisten begleiten uns, beide kenne ich nicht. Der eine kugelrund, ich nenne ihn insgeheim den »Ball«, der andere dünn und streng, den taufe ich »Bleistift«. Sie schauen mir nicht in die Augen, nur auf die Brust. Mein T-Shirt ist zu dünn, und ich trage keinen BH. Bleistift packt mich grob am Arm. Ich scheue wie ein Pferd, will nicht in den grauen Transporter einsteigen. Ball hält Fernando lässig an der Handschelle. Fernando sieht mich verwundert an. Weiß er, was hier geschieht? Hat es ihm jemand erklärt? Eine Flasche Wasser habe ich dabei, zwei *bocadillos con queso,* mein Schreibheft und ein bisschen Geld, das mir Pe gegeben hat. Unser Abschied war kurz und trocken. Er findet die ganze Idee bescheuert, wie Sie wissen. Aber wenn ich ehrlich bin, und zu Ihnen möchte ich es wirklich sein, habe ich die Fahrt nach Chilpancingo als Ausrede benutzt, um nicht weiter unter ihm zu leiden. Gleich nach Ihrer Abfahrt, als wir verlassen und einsam am Strand lagen, sagte Pe mir (während er Blakes Übungen absolvierte), dass er natürlich Heiligabend mit seiner Frau und seinen Kindern verbringen würde. Natürlich. Macht nichts, sagte ich ganz schnell, ich fahre ja sowieso nach Chilpancingo. Kannst du bitte meinen Rückflug umbuchen?

Bescheuerte Aktion, sagte er. Aber wenn du unbedingt willst.

Nein, will ich nicht! Ich möchte allein mit dir nackt unterm Weihnachtsbaum liegen, ich möchte, dass du nur noch mich liebst und sonst niemanden, auch nicht deine Kinder.

Ja, sagte ich cool, das habe ich ja immerhin versprochen.

Seit wann hältst du deine Versprechen?, sagte Pe.

Ball untersucht meinen Beutel, riecht an den *bocadillos*, öffnet das Schreibheft, blättert es durch. Alles, was ich geschrieben habe, ist auf Deutsch, aber er tut so, als lese er. Schaut die Polaroids von Pe und mir an, die ich eingeklebt habe. Auf dem einen sitze ich auf seinem Schoß beim Frühstück an unserem ersten Morgen. Sie haben mit Blake am Nebentisch gesessen und mir zugenickt, das weiß ich noch. Ich habe versucht, besonders verliebt auszusehen.

Ball mustert mich. Er ist jung, vielleicht nicht älter als ich, aber sein wirkliches Alter verschwimmt in seinem Fett. Er grinst. Ohne seine blöde Uniform wäre er vielleicht ein nettes Dickerchen. *Escritora?*, fragt er. Mir hüpft das Herz, ich möchte rufen: Ja! Ja! Ja! Ich nicke knapp, genieße die Lüge und fürchte, dass ich genau wegen dieser Lüge niemals *escritora* werden werde. Gott sieht mir zu und schüttelt den Kopf. *No, no, no.*

Ball zieht die Augenbrauen hoch, schwarze Bürsten, die seine Augen fast verschwinden lassen. Er klappt das Heft zu, schon strecke ich die Hand aus, da rollt er es zusammen und steckt es in die Hosentasche. Das ist meins!, sage ich empört. *Dámelo!* Gib es mir. Ich weiß, ich sollte ihn siezen, aber mir fällt die entsprechende Imperativform nicht ein. Er reagiert nicht, öffnet mein Portemonnaie, betrachtet nachdenklich das Geld, schließt es dann demonstrativ wieder, steckt es zurück in den Beutel, überreicht mir den Beutel. Mit einer verächtlichen Handbewegung scheucht er mich in den LKW: Los, steig ein. Als ich zögere, gibt mir Bleistift einen Stoß. Ich stolpere hinein. Fernando fesseln sie mit seinen Handschellen an die Bank, ich sitze ihm gegenüber. Die Bank hat keinerlei Polsterung, und das Metall ist jetzt schon so aufgeheizt, dass es mir die Schenkel verbrennt. Natürlich trage ich keinen Rock, so blöd bin ich nicht, sondern meine seidene Pyjamahose, die Sie ja kennen. Sie ist jedoch so dünn, dass es sich anfühlt, als trüge ich gar nichts. Ich weiß, ich hätte mir eine andere Hose kaufen sollen. Ich hätte vieles besser machen sollen.

Als die Polizisten die Tür zuwerfen, möchte ich am liebsten schreien. Lasst mich raus! Das halte ich nicht aus! Lasst mich raus!

Es wird Nacht hinten im LKW, kein einziges Fenster. Acht Stunden wird die Fahrt dauern, haben sie mir im Hotel gesagt. Ich werde das nicht durchstehen. Ich kann das nicht.

Rumpelnd fährt der LKW an, ich muss mich festkrallen, um nicht von der Bank zu fallen und hilflos wie ein Apfel am Boden hin und her zu rollen. Wir fahren eine kurvige Straße hinauf. Ich sehe Fernando nicht, habe das Gefühl, ganz allein zu sein in dieser brutheißen, schwankenden Nacht.

Hola, sage ich in die Dunkelheit, und er antwortet so leise, dass ich es kaum hören kann: *Hola*. Ich werde ihn, erkläre ich, zum Jugendgefängnis begleiten, wo er bis zu seinem Prozess bleiben wird und wohl auch danach, und wo er es sehr viel besser haben wird als bisher. Er schweigt. Hast du das gar nicht gewusst?, frage ich ihn. Er antwortet nicht. Die Hitze im Bus setzt mir zu, mein Herz rast, ich habe Angst wie ein Kind im Dunkeln. Ich strecke meine Hand nach ihm aus, berühre ihn am Knie. Er zuckt zusammen. Ich klopfe auf sein Knie, als wolle ich ihn beruhigen und nicht mich. Ich beuge mich vor, taste nach seinem Arm, seiner Hand, aber finde sie nicht, nur die warmen metallenen Ringe der Handschellen. Schwankend stehe ich auf, halte mich an den Dachstreben fest, ertaste die Bank gegenüber, lasse mich plumpsend auf sie fallen. Ich kann ihn jetzt riechen. Der Geruch von Jungenschweiß und Staub.

Ich rutsche dichter an ihn heran, lege meinen Arm um seine dünnen Schultern. Er ist starr wie ein Brett. Hab keine Angst, sage ich, hab keine

Angst. Er sagt nichts. Ich wiederhole es, bis ich mich ein wenig beruhige. Hab keine Angst. Überraschend legt er seinen Kopf schwer auf meine Schulter. Sein stacheliges Haar kitzelt mich an der Wange, es riecht nach Fett. Wo ist deine Mutter?, flüstert er, als dürfe uns niemand hören. Ich sage ihm nicht, dass Sie nicht meine Mutter sind, nur, dass Sie zurückgefahren sind, nach Hause, nach Kalifornien. *California*, murmelt er, *California.* Und dann: Wo ist Chilpancingo? Im Norden, sage ich, wir werden lange fahren. Er seufzt tief, und sein Atem streift meine Wange. Ich hole die Wasserflasche aus meiner Tasche, das Wasser ist inzwischen heiß, wie gekocht. Ich taste mich seinen Arm hinauf, die Schulterknochen, seinen Hals entlang, bis ich seine überraschend weichen Lippen finde. Er saugt versehentlich an meinem Finger. Erschrocken ziehe ich die Hand zurück. In langen Zügen trinkt er jetzt gierig aus der Flasche. *Hambre?* Hunger? Ich spüre, wie er nickt. Ich reiche ihm Brotstückchen zum Mund, berühre vorsichtig seine Lippen, füttere ihn wie ein Kind.

Gracias, sagt er leise, und sein Gesicht streift meins, seine Wange wie eine weiche Stachelbeere. Er wendet das Gesicht, seine Lippen berühren meine. Unklar, wer da wen sucht. Es beginnt harmlos, kleine, trockene Küsse, die sich langsam steigern, bis wir ineinander versinken. Ja, es tut mir leid. Es fällt mir auch schwer, Ihnen davon zu berichten. Aber noch nie bin ich so geküsst worden. Bald weiß ich nicht mehr, wen ich küsse. Er wird zu allen Männern, die ich bisher geküsst habe und je küssen werde. Ich weiß auch nicht mehr, wer da eigentlich küsst. Ich bin jung und alt, ich bin gar kein Körper mehr, nur noch Zeit. Alle Grenzen heben sich auf, wie geträumt. Wahr ist nur, dass ich mich an ihm festkrallen muss, damit dieser Kuss durch keine Kurve unterbrochen wird, damit wir nie mehr getrennt werden. Eine unermessliche Sehnsucht steigt in mir auf. Ich falle in diesen Kuss, ich stürze, wie ich mir immer gewünscht habe zu stürzen und bisher nie gestürzt bin. Wir küssen uns und küssen uns, bis der LKW so ruckartig anhält, dass ich schmerzhaft auf den Metallboden geschleudert werde. Ich krieche hilflos auf allen vieren herum, als die Tür aufgerissen wird. Geblendet kann ich nur die Umrisse der Polizisten erkennen. Sie zerren mich heraus, schließen Fernando von der Bank. Wir stehen in der Sierra, eingerahmt von haushohen *nopales*-Kakteen, über uns ein stahlblauer Himmel. Zwei mexikanische Polizisten, Fernando und ich. Mein Herz stampft. Mein Gehirn denkt nur ein Wort: Erschießung. So sieht es doch immer aus, man wird in die Wüste geführt, muss niederknien,

Genickschuss. Mein T-Shirt ist tropfnass, alle drei Männer starren mir auf die Brust. Bleistift zerrt Fernando hinter sich her wie ein Hündchen. Wird er der Erste sein? Ball folgt ihm schlurfend. Ich sehe seine Arschfalte, im Gehen zieht er seine Hose hoch. Die Hitze drückt mich nieder wie eine Faust. Jetzt erst wage ich, mich umzublicken, und sehe eine wacklige Hütte, aus einigen Brettern zusammengebastelt, ein windschiefes Wellblechdach. Ein paar magere Hunde erheben sich aus dem Staub. Sie wedeln nicht mit dem Schwanz. Die drei Männer gehen hinein, zögernd trotte ich hinterher. Drinnen ist es schummrig und ein wenig kühler. Die drei sitzen bereits an einem Holztisch. Bleistift hat Fernandos Hände in den Handschellen auf den Tisch gelegt und hält sie wie die eines Kindes in den seinen. Fernando sieht mich nicht an. Ball hebt die Hand zum Mund und macht eine Geste: essen. Mein Herz weigert sich noch, das zu glauben, es klopft weiter wie besessen. Ich setze mich. Eine kleine quadratische Frau erscheint, Ball bestellt vier Bier. Sie geht wortlos. Fremde Insekten machen fremde Laute. Wir schweigen. Das Bier kommt. *Salud*, sage ich schüchtern. Sie nicken nur. Ich betrachte den schmächtigen Fernando und versuche mir vorzustellen, dass ich ihn geküsst habe. Tortillas aus blauem Mais werden aufgetischt, ein Eintopf, in dem Schweinefüße schwimmen. Hungrig stürzen sich die Männer auf den Eintopf. Fernando geht mit seinen gefesselten Händen geschickt mit dem Löffel um, als wäre er es so gewöhnt, dass er sich gar nicht mehr daran stört. Ich esse nur eine Tortilla. Ball bestellt eine neue Runde Bier. Ich überlege, ob mir dann später im Bus schlecht wird oder ob es besser ist, sich zu betrinken. Und wie werden die beiden nachher fahren? Wird der Bus noch schlimmer schlingern als bisher? Wie weit ist es noch?, frage ich und erinnere mich an diese ewige Frage von mir als Kind, mit meinen Eltern im Auto.

Horas, sagt Bleistift und rülpst. Ball ebenfalls. Und, keine Ahnung, warum, da rülpse ich auch. Laut. Lauter als die beiden. Überrascht starren sie mich an. Ball beginnt zu lachen, röhrt wie ein Hirsch, schlägt sich auf seine fetten Schenkel. Ich rülpse abermals, dann Ball, Bleistift und schließlich auch Fernando. Wir rülpsen im Chor. Sitzen mit einem Mal da wie eine alberne Familie in den Ferien, einen kurzen Augenblick lang könnte alles gut sein, sie könnten Fernando von den Handschellen befreien, wir würden alle zusammen nach Acapulco fahren und baden gehen, aber da erstirbt die Heiterkeit bereits wieder. Unverhohlen starren die Männer mich an, ich versuche ein Lächeln, das nicht mehr erwidert wird. Fernando blickt stumpf vor sich hin. Die beiden Polizisten rauchen. Ball ruft nach der kleinen Frau, sie kommt mit einem Stückchen Papier in der Hand angezockelt, legt es vor Ball auf den Tisch. Kein einziges Wort hat sie die ganze Zeit über gesprochen. Ball schiebt den Zettel zu mir herüber. Ich erschrecke. Was, wenn ich die Zeche nicht zahlen kann? Das weiße Papier flimmert, es dauert, bis ich die Zahl darauf erkenne. Nur fünfzehn Dollar. Erleichtert zücke ich das Portemonnaie. Aber was, wenn das jetzt so weitergeht? Wenn sie Lust auf teurere Restaurants bekommen, auf T-Bone-Steaks und Whisky? Mit zitternden Fingern krame ich die Peso-Scheine aus meinem Portemonnaie. Die Frau nimmt sie mir aus der Hand, zählt sie umständlich nach. Die Männer machen Anstalten aufzustehen. Fernando murmelt Bleistift etwas ins Ohr. Er nickt, fragt die Frau nach dem Klo. Sie zeigt hinter den Schuppen. Die Männer gehen im Gänsemarsch dorthin, ich bleibe am Tisch. Auf keinen Fall möchte ich wieder in den Bus einsteigen, ich möchte auch dieses Kind nicht mehr küssen, ich möchte nur weinen und mich jemandem an die Brust werfen, der mich rettet. Oder den Bus klauen, abhauen, alle einfach hier in der Sierra sitzenlassen. Aber es bleibt mir nichts anderes übrig, als zu warten, bis sie endlich vom Pinkeln zurückkommen, wieder im Gänsemarsch, Fernando als Letzter. Wohin sollte er hier auch fliehen? Ich gestikuliere, dass ich jetzt auch aufs Klo gehen werde. Ball grinst. Sie machen mir keinen Platz, ich quetsche mich an Fernando vorbei, der mir in die Augen sieht. Ein seltsamer Blick, fast ein wenig spöttisch, er legt den Kopf schief, sieht mir nach, hebt die Hand in der Handschelle, wie um mir zu winken. Später werde ich über diesen Blick nachdenken.

Ein fürchterliches Klo. Ein Loch im Boden. Verschmutztes Klopapier überall. Im Eimer kein Wasser, auch aus der Wasserleitung vor der Brettertür fließt kein Tropfen. So gern würde ich mir die Hände waschen, und weil ich es nicht kann, fühle ich mich schmutziger als zuvor. Ein kleiner Spiegel hängt über dem sinnlosen Wasserhahn, und ich richte mir ein bisschen die wirren Haare, wische mir die Mascaraspuren unter den Augen weg. Ja, ich habe mir tatsächlich in der Früh vor der Abfahrt noch die Wimpern getuscht. Pe hat mir dabei zugesehen und gelacht. Ich kann einfach nicht aus dem Haus gehen, ohne mir die Wimpern zu tuschen. Vielleicht bringe ich einen Hauch zu lang vor dem Spiegel zu. Als ich zurück in die Hütte komme, steht die quadratische Frau im Eingang und sieht auf den staubigen Platz. Er ist leer. Sie sind weg. Die

84

Hunde legen sich wieder in den Sand. Die Sonne scheint. Der Himmel ist blau. Als wäre nichts geschehen.

Mit einem scharfen Messer schlägt Carmen die Stacheln aus den Blättern der *nopales,* zerschneidet das grüne Fleisch in schmale Streifen, fordert mich auf, zu probieren. Ein wenig schleimig, aber knackig. *Rico?* Lecker? Ich nicke, was sonst? Sie lächelt nicht, schaut mich unbewegt an. Breites Gesicht, hohe Backenknochen, die Augen schmal wie Pinselstriche. Unergründlich. Ihre Schweigsamkeit, habe ich inzwischen herausgefunden, hat damit zu tun, dass sie kaum Spanisch spricht, sondern Nahuatl. Sie scheint hier ganz allein zu leben. In den nächsten Stunden kommt kein einziger Gast. Meine Fragen nach Verkehr, nach Zulieferern – irgendjemand muss ihr doch Lebensmittel und Getränke bringen! – versteht sie entweder nicht, oder sie hat keine Lust zu antworten. Schweigend und fast grimmig bearbeitet sie die *nopales,* zerhackt die Kakteenblätter, als wolle sie einen Feind zerstückeln. Die Stille der Sierra umgibt uns wie ein Vorhang, der nach allen Seiten zugezogen ist. Es gibt von hier kein Entrinnen. Die Hitze und meine Gefühle erschöpfen mich. Auf der einen Seite bin ich froh, nicht mehr im Bus zu sitzen, auf der anderen Seite quält mich schlechtes Gewissen. Wut, dass ich so zurückgelassen worden bin. Angst, dass ich nie wieder von hier wegkommen werde. Hat Fernando die Wächter aufgefordert, mich hier sitzenzulassen? Hat er ihnen erzählt, ich hätte ihn belästigt? Oder wollten die Polizisten mich loswerden? Werden sie Fernando etwas antun? Ihn nun gar nicht nach Chilpancingo fahren? Was werde ich Ihnen erzählen? Ich vermisse mein Notizbuch, zu schreiben würde mich jetzt beruhigen. Carmen fordert mich mit einer knappen Kopfbewegung auf, ihr zu folgen. Sie führt mich in ein niedriges dunkles Zimmer. Dort lebt sie anscheinend. Ein Bett, ein uralter Fernseher, eine verstaubte Puppe, ein veralteter Kalender mit einer saftig grünen Berglandschaft und verschneiten Gipfeln. In der Mitte des Raums steht ein dreieckiges Drahtgerüst. Carmen gibt mir einen Stapel weißer Papierservietten und macht mir vor, wie man sie zusammenfaltet und in das Drahtgerüst steckt. Ich verstehe nicht. *Navidad,* sagt sie ungeduldig. Weihnachten. *Árbol de navidad. Nieve.* Weihnachtsbaum. Schnee. Ah ja. Die weißen Servietten sollen schneebedeckte Äste eines Weihnachtsbaums darstellen. *Entiendes?* Verstehst du? Ich nicke und verbringe die nächsten Stunden damit, mitten in der mexikanischen Wüste einen tiefverschneiten Weihnachtsbaum herzustellen. Er wird sogar ganz hübsch. Ich schlage vor, ein paar rote Chilis als Dekoration zwischen den Schnee zu hängen, aber davon will Carmen nichts wissen. Vorsichtig berührt sie die aufgebauschten Servietten, tritt einen Schritt zurück, betrachtet ihren Weihnachtsbaum und lächelt. Tatsächlich. Sie lächelt glücklich. Ich sehe ihr zu bei ihrem Glück und höre das Geräusch von Autoreifen im Sand. Ich halte es für Einbildung, für einen frommen Wunsch unterm Weihnachtsbaum, aber wahrhaftig steht da ein Auto draußen auf dem Parkplatz. Ein amerikanisches Ehepaar auf dem Weg nach Acapulco. Gott mochte meinen Weihnachtsbaum und hatte ein Einsehen.

Ich buche meinen Flug abermals um, fliege noch am Abend über Miami zurück nach Deutschland, und sitze jetzt, während ich Ihnen das schreibe, bereits unter einem anderen Weihnachtsbaum. Eine echte Tanne, mit echten Kerzen, roten Äpfeln und goldenen Christbaumkugeln. Der Weihnachtsbaum meiner Mutter. Jedes Jahr gleich. Jedes Jahr das Gleiche: Sie hat bereits eine Flasche Rotwein geleert und ein bisschen geweint über ihr verpfuschtes Leben und meinen unnützen Vater, und sich gefreut, dass ich doch noch gekommen bin, und sich entschuldigt, dass sie gar kein Geschenk für mich hat, weil sie ja nicht wusste, dass ich doch noch kommen würde. Ich habe sie ins Bett gebracht. Sie geküsst. Ihren Mamageruch eingeatmet. Ich habe mich einsam und gleichzeitig zu Hause gefühlt. Eine Mischung wie Salami mit Marmelade. Ich habe die Kerzen am Baum abermals angezündet – ja, wir haben hier in Deutschland echte Kerzen am Weihnachtsbaum und deshalb immer einen Eimer mit Wasser danebenstehen – und habe angefangen, diesen Brief an Sie zu schreiben, um Ihnen mein Scheitern zu gestehen. Mein Fiasko, meine Unfähigkeit. Ich hoffe, Sie verzeihen mir. Ja, ich hätte Fernando nicht küssen dürfen. Ich hoffe dennoch, von Ihnen zu hören. Ich würde mich so sehr freuen! Und vielleicht besuche ich Sie auch irgendwann in San Francisco, wie Sie es gesagt haben. Falls ich mal zufällig in Kalifornien sein sollte …

Ich grüße und umarme Sie, obwohl wir uns nie umarmt haben, aber mir ist gerade so danach,

Ihre Alice

Diesen Brief schrieb ich der Meisterin. Ich schrieb ihn tatsächlich unter dem Weihnachtsbaum in der Wohnung meiner Mutter. Das war wahr. Aber das war auch das Einzige. Ich war nie auf dem Weg nach Chilpancingo. Ich saß nie in dem Gefängnistransporter, ich habe nie Fernando geküsst.

Als ich mit dem Brief fertig war, löschte ich die Kerzen am Baum und sah lange aus dem dunklen

Zimmer auf die Tupfen von Schnee auf den Ästen der Kiefer gegenüber. Ich rief Pe an. Seine Frau antwortete fröhlich: Hallo? Ja, wer ist denn da? Na, egal. Auf jeden Fall schöne Weihnachten!

II

Es regnete. Immer. Immerzu. Ein norddeutsch anmutender, eiskalter Nieselregen im Juli. Ich hatte mir San Francisco anders vorgestellt. Sonnig, heiß, so wie in dem Song *It never rains in California.* Ich wollte Blumen im Haar tragen und auf der Straße tanzen. Und die Meisterin besuchen. *Terrific!!!,* hatte sie mir zurückgeschrieben, mit drei Ausrufezeichen. *Perfect! July! You must come to see me!* All diese Ausrufezeichen und das »must« hatten mich ermuntert, mich beflügelt, mich dazu gebracht, mein gesamtes erspartes Geld für diesen Flug auszugeben. Ich würde bei ihr wohnen, da war ich ganz sicher.

Jeden der Briefe, die sie mir in den letzten eineinhalb Jahren geschrieben hatte, hatte ich sofort beantwortet. Es schmeichelte mir, dass eine berühmte amerikanische Schriftstellerin mit mir kleiner deutscher Studentin eine Korrespondenz unterhielt. Ihre Bücher, die sie mir geschickt hatte, hatte ich gleich mehrmals gelesen. Ich verehrte sie und ihre Literatur. Sie schrieb wie niemand in Deutschland über den Alltag von Frauen, dieses unentwirrbare Knäuel aus Männern, Ehrgeiz, Sex, Liebe, Kinderwunsch, Karriere, Schönheit, Alter. Über das Nebeneinander von Bratkartoffeln, Cunnilingus und Kunst. Ich war hingerissen. Wollte so werden wie sie. Oder zumindest so schreiben wie sie. In ihren Briefen ermutigte sie mich. Bisher hatte ich nur ein paar Kurzgeschichten geschrieben, ein paar Gedichte, das war alles. Als eine Kurzgeschichte in einer Frauenzeitschrift abgedruckt wurde, war sie die Einzige, die mir herzlich gratulierte. Meine Eltern kauften zwar die Zeitschrift, erwähnten die Geschichte aber nie wieder, meine Freunde lehnten die Zeitschrift als zu spießig ab. Meine Geschichte erschien eingerahmt von den neuen Herbstfarben für Lippenstifte und einem Rezept für Wildbraten. Die Meisterin jedoch schrieb: *Yeah! You did it! Hooray!* Sie konnte meine Geschichte zwar nicht lesen, weil sie kein Deutsch sprach, doch das war mir nur recht, denn so entfiel auch jede Möglichkeit der Kritik. Kritik vertrug ich schlecht. Sie schlug mir sofort auf den Magen. Ich bekam Durchfall. So war das immer gewesen. Wer mich kritisierte, liebte mich nicht. Das Kind verträgt keine Kritik, erklärte meine Mutter achselzuckend, so wie andere Mütter die Erdbeerallergie ihrer Kinder erwähnten.

You must come to see me!

Aus dem Flugzeug hatte ich eine Decke entwendet, nicht etwa in weiser Voraussicht, sondern weil ich damals alles klaute, was mir irgendwie gefiel. Allerdings stahl ich nur in Kaufhäusern oder von großen Firmen, der gängigen Argumentation folgend, dass man damit bloß den kapitalistischen Schweinen schade. Die Decke war von elegantem Grau, mit dem dezent eingewebten Namenslogo der Lufthansa. Wie einen Poncho schlug ich sie mir um die Schultern, sie schützte mich einigermaßen vor der unerwarteten Kälte und dem Regen.

Der Flughafenbus setzte mich in der Innenstadt ab, ich wanderte zum Union Square und zog dort meine Kreise, ganz wie das junge Liebespaar in dem Film *The Conversation* von Francis Ford Coppola, den ich mir in Deutschland angesehen und dabei von meiner Reise zur Meisterin nach San Francisco phantasiert hatte. Sechs lange Stunden lagen vor mir, denn erst um 16 Uhr würde ich mich wieder bei ihr melden dürfen. Gleich vom Flughafen aus hatte ich mit klopfendem Herzen angerufen in der festen Annahme, sie würde mir sofort sagen, wie ich am besten zu ihr gelangte, mich mit Kaffee und Sandwiches erwarten, mir mein Gästezimmer zeigen, wo ich glücklich und erschöpft in weiße und viele Kissen sinken würde. Ich hatte dieses Bett bereits

so deutlich vor Augen, die amerikanischen Kissen-
berge und die straff eingesteckten Laken, die klein-
geblümte Tapete an der Wand, die weißen, zwei-
geteilten Schiebefenster, wie ich sie aus dem Kino
kannte.

Oh, Alice, sagte die Meisterin, und dieses lang-
gezogene *Oh* drückte bereits ihre zurückhaltende
Überraschung aus, aber davon wollte ich nichts
wissen. *I am here, here in San Francisco,* rief ich aufgeregt, denn ich hatte ihr das genaue Datum meiner
Ankunft nicht genannt – warum eigentlich nicht?
Im Juli komme ich, hatte ich nur geschrieben, irgendwann im Juli.

Listen, sagte sie, und es folgte eine Erklärung,
warum sie so *busy* sei, die ich nicht verstand, nur
dass sie leider jetzt gar nicht telefonieren könne, ich
solle mich doch am Nachmittag wieder melden. Sie
legte auf. Wie eine schlechte Schauspielerin starrte
ich den Telefonhörer in meiner Hand an. Meine
Füße waren vor Schock eiskalt geworden.

In meiner Lufthansa-Decke umrundete ich den
Union Square und übte mich in amerikanischem
positivem Denken, wofür ich nicht viel Talent besaß. Katastrophenszenarien fielen mir deutlich
leichter, aber ich gab mir Mühe: Die Meisterin war
wahrscheinlich so beschäftigt, weil sie schrieb! Ich
hatte sie dabei gestört, obwohl ich doch hätte wis-

sen müssen, dass sie vormittags immer schrieb! Ich sah sie vor mir, wie sie jeden Morgen in Mexiko die Stufen zu ihrem Zimmer hinaufstieg, und ich schämte mich für mein wenig sensibles Verhalten und meine eigene fehlende Schreibdisziplin.

Jeden Tag wieder nahm ich mir vor, um Punkt zehn am Tisch zu sitzen, an irgendeinem Tisch, denn einen Schreibtisch besaß ich nicht, nur einen wackligen Küchentisch und einen morschen Balkontisch. Mein Heft aufgeschlagen, den Stift gespitzt, denn am liebsten schrieb ich mit Bleistift. Und dann einfach sitzen bleiben, wie die Meisterin es mir empfohlen hatte. Später las ich, dass dieser Ratschlag ursprünglich von Alfred Andersch stammte. Sitzen bleiben. Das konnte doch nicht so schwer sein. Aber ich setzte mich gar nicht erst hin. Ich hatte zu viel zu tun. Ich musste mich waschen, Kaffee trinken, ein Brot essen, und dann den Tisch erst wieder abräumen, um Platz zu schaffen. Ein Tisch im Café fiel aus finanziellen Gründen aus, ich hatte ausgerechnet: Wenn ich jeden Tag ins Café gehen und auch nur zwei Tassen Kaffee trinken würde, noch nicht einmal Cappuccino, nur normalen Filterkaffee, wäre ich in kürzester Zeit ruiniert. Also wischte ich den Küchentisch sauber und versuchte ihn mit kleinen Papierstückchen zu stabilisieren, denn an einem wackligen Tisch würde ich nicht schreiben können. Ich setzte mich noch nicht hin, ich richtete nur meinen Platz ein. Mit einem Mal spürte ich die Stille in der kleinen Wohnung wie eine unangenehme Berührung, die ich nur durch Bewegung abschütteln konnte. Also goss ich die mageren Geranien auf dem Balkon oder putzte das Waschbecken und die fleckige Badewanne, denn das musste ja schließlich auch gemacht werden. Danach war ich fast bereit – wenn dann nicht das Telefon klingelte. Und wenn es nicht klingelte, rief ich eine Freundin an und quasselte fast eine Stunde mit ihr, um danach so aufgedreht zu sein, dass ich mich unmöglich still an einen Tisch setzen konnte. Ich brauchte eine Pause, um runterzukommen, in einen meditativen Schreibmodus zu finden, und am besten ging ich vielleicht aus dem Haus und kaufte gleich ein bisschen ein. Mit diesem Vorhaben war mein Schreibschicksal für den Tag besiegelt, denn ich driftete unweigerlich ab wie eine abgerissene Alge im Meer. Schreiben ist Unterwassertätigkeit. Ich aber trieb wieder an die Wasseroberfläche, tauchte auf, meist in einem Buchladen, wo ich mindestens ein Buch klaute, das wichtig für mich als Schriftstellerin war und das ich deshalb weniger als gestohlen denn als beruflich ausgeliehen betrachtete. Es war darüber Mittag oder auch schon früher Nachmittag geworden, und eigentlich lohnte sich jetzt schon nichts mehr, da konnte ich gleich in den Park gehen oder ins Kino oder bei meinen Freundinnen Heike und Murmel klingeln, die fast zehn Jahre älter waren und seit kurzem allein lebten, was zu allerlei lehrreichen Gesprächen über das Leben und die Männer führte. Sie schienen nicht mehr an das Glück der Liebe zu glauben. Ich erschauderte: Wie konnte man so nüchtern durchs Leben gehen? Da beide einen Job und deshalb auch Geld hatten, gab es bei ihnen immer etwas zu essen, und oft beschlossen wir nach dem Abendessen, in einer Kneipe vorbeizuschauen, wo sie mich großzügig zu einem oder auch zu mehreren Bieren einluden. Manchmal ließ jemand einen Joint kreisen oder reiche Filmfuzzis spendierten Koks auf dem Klo. Waren Murmel und Heike nicht abkömmlich, ging ich allein hin, trank Wasser aus dem Wasserhahn und besprengte wie unabsichtlich mein T-Shirt, dass es nass und eng an meinen Brüsten klebte, was mir meist zu einer Einladung auf einen Drink verhalf, wofür ich mich so lange verachtete, bis ich selbst dazu zu betrunken war.

Wenn ich dann sehr spät in meine Wohnung zurückkehrte und dort das Heft auf dem Küchentisch liegen sah und den angespitzten Stift, befiel mich entweder schlechtes Gewissen angesichts meiner widerwärtigen Disziplinlosigkeit, oder mich überkam wie ein Würgen ein spontaner Schreibdrang, und ich kotzte ein paar Seiten mit wirren Gedanken aus, die ich am nächsten Morgen kaum noch entziffern konnte. Manchmal war ein guter Satz darunter wie aufblitzendes Gold in einem Müllhaufen, nur leider nicht reproduzierbar. Ich erinnerte mich nicht, wie ich diesen Satz geschrieben hatte, woher er gekommen war und wie ich andere seiner Art hervorlocken konnte. Als hätte ein Gespenst in der Nacht am Tisch Platz genommen.

So ging es fast jeden Tag. Inzwischen konnte ich mir kaum noch erklären, wie ich es geschafft hatte, jemals ein paar Kurzgeschichten zu schreiben. Meine Verzweiflung wuchs und wuchs, bis ich beschloss, die Meisterin zu besuchen, von ihr Rat einzuholen und auf den richtigen Schreibweg geschickt zu werden, wie eine Pilgerin.

Wann dürfte ich sie wieder anrufen? Wann fing der amerikanische Nachmittag an? Ab 12 Uhr hieß es ja schon *p.m.*, aber ab wann fühlte es sich an wie *afternoon*? Um 16 Uhr ganz bestimmt, entschied ich. Es begann, stärker zu regnen, und endlich traute ich mich, eines der hellerleuchteten Kaufhäuser zu betreten, hatte jedoch Angst, mit meiner nassen Decke auszusehen wie eine Pennerin und von einem Wachmann des Hauses verwiesen zu werden. Ich rollte die Decke zusammen und stopfte sie in meinen Rucksack, wo sie die letzten noch einigermaßen trockenen Kleidungsstücke durchnässte, aber ich würde ja spätestens heute Abend bei der Meisterin sein und sicherlich ihren Wäschetrockner benutzen dürfen. Alle Amerikaner besaßen Wäschetrockner.

Die Wärmeschleuse am Eingang durchpustete mich wie ein Fön. Ziellos tappte ich in tropfnassen Schuhen durch das fast menschenleere Kaufhaus, überlegte aus Langeweile, eine Wimperntusche zu klauen, wagte es aber nicht, weil ich Angst vor dem Gefängnis von Alcatraz hatte, das doch gleich nebenan lag. Ich sprühte mir ein wenig Chanel N°5 unter das T-Shirt, nach dem langen Flug stank ich wie ein Hamster, cremte mir die Hände ein, probierte Make-up und Lippenstift aus. Anders als in Deutschland betrachteten mich die Verkäuferinnen nicht mit Argwohn und Herablassung, sondern winkten mich freundlich weiter wie Stewardessen in einem Raumschiff des Luxus und der Moden.

Auf der Kundentoilette gab es eine kleine Couch. Ich legte mich hin. Wut und Enttäuschung stiegen in mir auf. Als ich die Augen wieder öffnete, stand an einem der Waschtische eine zerlumpt aussehende Frau mit verfilzten Haaren im BH und wusch sich völlig ungeniert die Achseln. Sie war um die fünfzig, ihre Haut zerfurcht und rot verbrannt, ihr Blick

wild. Sie beobachtete mich im Spiegel, einen ver-
wirrenden Augenblick lang sahen wir fast aus wie
Mutter und Tochter. Auch meine Haare standen
nach der Reise und dem Regen wirr vom Kopf ab,
und in meiner Lufthansa-Decke wirkte ich zumindest heimatlos. Schüchtern lächelte ich ihr zu, stand
auf und machte es ihr nach. Zog mein T-Shirt aus,
wusch mich. Die Frau neben mir öffnete ihre spe-
ckigen Jeans. Alarmiert sah ich mich um, aber wir
waren nach wie vor allein. Sie zog sich Hose und
Unterhose herunter und wusch sich mit der hohlen Hand zwischen den Beinen. Ich drehte mich
betreten ab, da sagte sie leise, fast zärtlich: *Don't
you want to wash your little cunt?* Da ich nicht
gleich verstand, schüttelte ich unsicher den Kopf.
Sie zuckte die Schultern, zog sich die Hose wieder
hoch, sammelte ihre Tüten ein und ging. Verdattert
blieb ich zurück, als hätte ich gerade eine zwanzig
Jahre ältere Version von mir selbst erblickt, jemanden, der es einfach nicht geschafft hatte. Vielleicht
eine Frau, die von sich geglaubt hatte, Künstlerin zu
sein, aber einfach zu wenig Talent besaß und es nie
einsehen wollte. Unser Lateinlehrer Herr Dr. Peters, ein grausamer Mann in der Verkleidung eines
gütigen älteren Herrn, hatte uns genau davor gewarnt und uns hundertfach erklärt, *talentum*, mit-
tellateinisch »die Gabe«, komme aus dem Altbaby-

lonischen, wo es als Gewichtseinheit die Traglast eines Mannes bezeichnete. Ob Frauen überhaupt Talent besäßen, sei also eine Frage, die die Altbabylonier mit einem schlichten Nein beantwortet hätten. Dazu lachte er höhnisch, jedes Mal wieder, und wir, eine reine Mädchenklasse, stöhnten leise vor uns hin wie unter chronischen Schmerzen. Wir wussten, es folgte das Gleichnis von den anvertrauten Talenten, das Jesus seinen Jüngern erzählte und unser Lateinlehrer nun, in für ihn völlig logischer Nachfolge, uns Mädchen: Ein Mann gibt seinen zwei Knechten Geld zu gleichen Teilen zur Verwahrung, jeweils ein Talent (aus der Gewichtseinheit, erläuterte Dr. Peters an dieser Stelle immer, war überdies eine Währungseinheit geworden). Der Mann verreist, und als er wiederkommt, rechnet er mit den Knechten ab. Der eine hat sein Talent klug investiert und vermehrt, der andere aus Angst nichts riskiert, nichts investiert und es versteckt. Dem nimmt der Herr sein Talent weg und sagt: Wer hat, dem wird gegeben, wer nicht hat, dem wird genommen werden. Meine Freundin Alina, die neben mir saß, flüsterte an dieser Stelle jedes Mal: Geld scheißt auf Geld.

Dieses Gleichnis fiel mir ausgerechnet auf der Damentoilette vom Kaufhaus Saks in San Francisco wieder ein, und ich fragte mich, ob meine Investition in diese Reise, um von der Meisterin zu lernen und, so hoffte ich, mein Talent bestätigt zu bekommen, nicht idiotisch war, denn erstens wollte sie mich nicht sehen, und zweitens hatte ich wahrscheinlich gar kein Talent. Sie wollte mich nicht sehen, weil ich kein Talent hatte. Warum sich mit jemandem abgeben, der so offensichtlich kein Talent hat? Doch wann zeigte sich Talent denn? Und wem? Tauchte es erst auf, wenn es von jemandem erkannt wurde? Weil die Oma irgendwann ausgerufen hatte: Wie talentiert ist dieses Kind! Oder die Grundschullehrerin einen Narren an einem gefressen und geglaubt hatte, einen unbedingt fördern zu müssen? Weil man gute Noten im Deutschunterricht hatte? Weil einem etwas ab und zu Spaß machte? Und wie oft wurde kein Talent erkannt, obwohl es im Übermaß vorhanden war? Wie stellte man Schreibtalent denn überhaupt fest? In der Musik, beim Malen, im Tanz, ja, da zeigte sich Talent schnell, aber beim Schreiben? Jeder konnte schreiben. Irgendwie. Und ich schrieb irgendwie vor mich hin, wenn ich überhaupt schrieb. Aber hatte ich Talent? Ohne Talent konnte ich es gleich bleibenlassen. Wunsch, Sehnsucht, Disziplin – all das nützte doch nichts ohne Talent. Selbst wenn ich tatsächlich von morgens bis abends geschrieben hätte, wäre das immer noch kein Beweis für Talent gewesen. Interessiert betrachtete ich im Spiegel, wie mir Tränen aus den Augen quollen und langsam übers Gesicht liefen. Ich konnte nicht mehr zwischen echter Verzweiflung und Pose unterscheiden. Probierte ich das Gefühl aus, bevor ich es hatte, um gewappnet zu sein, wenn es tatsächlich eintrat? Gehörte dieses Gefühl der Verzweiflung nicht zum Wesen eines Künstlers? War es dann nicht wunderbar? Erschöpft hielt ich mich am Waschtisch fest und gestand mir einen winzigen Moment lang ein, dass ich mich allein und abgewiesen fühlte und am liebsten wie ein kleines Kind geschluchzt hätte. Erschöpfung, sagte ich mir streng. Der Jetlag. Ich trocknete mir die Tränen mit wunderbar weichem, dickem Toilettenpapier. Diese Amerikaner. Luxus überall.

Es war kurz vor eins, noch drei Stunden, bis ich die Meisterin wieder anrufen durfte. Ich zog Chanel-Kostüme für viertausend Dollar an und wieder aus, ließ mich von einer hübschen Puerto-Ricanerin schminken, bis ich mich nicht mehr im Spiegel erkannte, probierte alle erdenklichen Schuhe in meiner Größe an, die mir ein netter, älterer Herr brachte, der in Garmisch-Partenkirchen als Soldat stationiert gewesen war, wühlte mich durch Berge von Seidentüchlein im Sonderangebot und ging noch zweimal auf die gemütliche Damentoilette.

Punkt 16 Uhr stand ich vor einem Münztelefon auf der Straße und zwang mich, noch zwei Minuten zu warten, um nicht überkorrekt deutsch zu wirken. Es nieselte nach wie vor, ich breitete die klamme Lufthansa-Decke über mich wie ein Zelt, warf meinen *quarter* ein, wählte die Nummer. Das schummrige Licht unter der Decke und der schnurrende Klang des amerikanischen Freizeichens versetzten mich in eine fiktive Welt, in der alles passieren konnte. Die Meisterin hatte in der Zwischenzeit beschlossen, meine Kurzgeschichten ins Englische übersetzen zu lassen, und das Magazin *The New Yorker* hatte bereits zugesagt, sie zu veröffentlichen. Die Meisterin bot mir an, das ganze nächste Jahr bei ihr zu wohnen und meine weiteren Geschichten zu redigieren. Und dann fuhren wir zusammen in Urlaub, nicht nach Mexiko, sondern in ihr Ferienhaus an der kalifornischen Küste, wo ich einen sehr gutaussehenden Mann kennenlernte, der meine Geschichten im *New Yorker* gelesen hatte und sie mit einem Wort *brilliant* fand. Mir tippte jemand auf die Schulter. Ich fuhr unter meiner Decke zusammen, verheddert mich im Kabel des Telefonhörers, und als ich unter der Decke auftauchte, stand ein großer, schwarzer Mann vor mir und fragte, ob ich das Telefon zum Sprechen brauche oder nur, um mich daran festzuhalten. Schamesröte schoss mir ins Gesicht, denn erst jetzt wurde mir klar, dass am anderen Ende schon ziemlich lange niemand ans Telefon gegangen war. Ohne ein Wort reichte ich dem Mann den Hörer und ging hastig davon, als hätte ich ein Ziel.

In einem Drugstore suchte ich Zuflucht. Großer Hunger überkam mich, und ich verschlang drei *english muffins* mit salziger Butter und Johannisbeermarmelade aus winzigen Plastikdöschen. Das war das Billigste, was es auf der Karte gab. Ich hatte Angst, mein Geld könne nicht reichen, obwohl ich noch fast dreihundert Dollar in der Tasche hatte. Aber dass die Meisterin nun gar nicht mehr ans Telefon gegangen war, fühlte sich an, als sei ich nachdrücklich und endgültig abgewiesen worden, also musste ich ab sofort mit meinem Geld gut haushalten. Ich starrte auf meinen Teller, um nicht schon wieder in Tränen auszubrechen. Eine mütterliche Kellnerin musterte mich, nachdem sie mir zum zweiten Mal Kaffee nachgeschenkt hatte, und fragte: *Are you alright?*

Ich nickte zu eifrig, und sie sah sich in ihrem Argwohn bestätigt und legte mir kommentarlos einen *donut* auf den Teller. Beglückt stopfte ich ihn in mich hinein. Der *donut* gab vor, ein Krapfen zu sein, schmeckte aber nicht wirklich wie einer. Erst jetzt, aufgemuntert durch das unverhoffte Geschenk, blickte ich mich um und nahm das seltsame Nebeneinander von Restaurant, Apotheke und Drogerie wahr, die Regale mit aufblasbaren Sitzkissen und Hämorrhoidensalben gleich hinter mir, mit Klistieren und Verbandsmaterial, Vitaminen und Zahnpasta. Hinter der Kasse saß eine winzige alte Frau mit lila gefärbten Haaren und verkaufte Zigaretten, Kaugummi und Zeitungen. Neben mir nahm ein noch älterer Mann in einem verfilzten Mantel Platz, bat um eine Tasse heißes Wasser und holte aus seinem Portemonnaie einen Teebeutel, den er mit zittrigen Händen in die Tasse hielt. Von der Kellnerin wurde er freundlich nach seinem Befinden befragt, worauf er tieftraurig, mit einer wegwerfenden Handbewegung antwortete: *I am fine, darling, just fine.*

Jetzt erinnerte ich mich. Warum dauerte es immer so lange, bis ich mich endlich erinnerte? Ich zog mein Schreibheft aus dem Rucksack und begann zu notieren, was ich beobachtete. Den alten Mann, wie er sich mit beiden Händen an der Theke festhielt, seinen fleckigen alten Mantel, das Ensemble von Heinz-Ketchup-Flasche, silbernem Papierservietten-Spender, Pfeffer- und Salzstreuer vor uns, die mit blauweißem Mäandermuster und pseudogriechischer Schrift verzierten Pappbecher für den Kaffee zum Mitnehmen, die platinblond gefärbten und auftoupierten Haare der Kellnerin, ihr eisblauer Lidschatten und die langen, rosa lackierten Fingernägel, die rotblaue Gänsehaut ihrer bloßen Oberarme. Das Haarnetz des mexikanischen Kochs, der durch seine kleine Luke sah und die Zettel mit den Bestellungen entgegennahm. Ich schrieb: *I am fine, darling, just fine.* Der Vorgang des Beobachtens und Notierens führte tatsächlich dazu, dass ich mich besser fühlte. Die Menschen und Dinge um mich herum traten in eine magische Beziehung, weil ich sie aus der Fülle der Welt herauspickte und beschrieb. An der Theke gegenüber saß ein älteres asiatisches Ehepaar, das sich einen Milchreis teilte. Anscheinend frequentierten besonders ältere Kunden diesen Drugstore. Das Paar unterhielt sich flüsternd, sie gab ihm löffelweise von ihrem Milchreis ab. Als sie aufgegessen hatten, säuberte der Mann sich hinter vorgehaltener Hand mit einem Zahnstocher die Zähne, kämmte sich sorgfältig und langsam seine spärlichen Haare, stand dann auf, schüttelte den Mantel seiner Frau, einen Plüschmantel mit Tigermuster, auf wie ein Federkissen, hängte ihn sorgfältig über ihren Stuhl, streichelte ihn und setzte sich wieder. Immer schneller schrieb ich vor mich hin, die Kellnerin schenkte mir Kaffee nach, bis ich anfing zu schweben wie ein Luftballon. Sie fragte mich nichts mehr. Ein schreibender Mensch wird so wenig gestört wie ein Schlafender. Als befände ich mich unter einer durchsichtigen Glocke, oder als trüge ich eine Tarnkappe, die es mir erlaubte, zwar anwesend zu sein, aber nicht beachtet zu werden. Ein Wunder, denn die meiste Zeit fühlte ich mich gefangen in mir selbst wie ein Vogel im Käfig, unfähig, mich auch nur einen Moment lang abzuschütteln. Das führte zu großer Schüchternheit, die ich durch gespielte Coolness zu übertünchen versuchte, was mir meist gelang. Das wiederum war der nächste Käfig, dem ich nicht zu entfliehen wusste, denn jetzt konnte ich ja noch nicht einmal mehr zugeben, dass ich schüchtern war. Rückzug war jedoch auch keine Option, denn ganz allein in einem Raum befiel mich Panik. Ein Zimmer für mich allein, dieser Traum von Virgina Woolf, den ich auch für meinen gehalten hatte, fühlte sich, als er endlich wahr wurde, bedrohlich an. Ich erinnere mich, wie ich in meiner ersten kleinen Studentenbude stand, es dämmerte, das Licht im Zimmer wurde blau, es war zu früh, um auszugehen, und zu spät, um in ein Café zu flüchten, ich hätte jetzt wunderbar schreiben können, aber es ging nicht. Ich verstand nicht, warum. Ratlos stand ich mitten im Zimmer. Es war ganz still und wurde immer stiller. Mein Herz fing an zu hämmern und meine Haut zu jucken, meine Gedanken gerieten in einen Strudel und zogen mich in mich selbst hinab, ich begann zu keuchen und konnte mich nicht bewegen, als steckten meine Füße in Morast. Mit äußerster Kraft riss ich mich aus diesem Zustand, eilte die Treppe hinunter, auf die Straße, ins nächste hellerleuchtete Kaufhaus. Ich lief so lange durch die Gänge, bis es schloss. In einer Bar sprach ich den ersten einigermaßen nett aussehenden Mann an. Als er neben mir im Bett lag, begriff ich, dass ich nicht allein sein konnte, und schon am nächsten Tag suchte ich mir eine Wohngemeinschaft. Immer, wenn ich mich dennoch allein fühlte, ging ich los, in eine Kneipe oder Disko, und gabelte einen Mann auf. Das bereitete mir keinerlei Mühe, ich brauchte bloß scheinbar cool herumzustehen und einen Mann, der mir gefiel, zu fixieren, nur einen Hauch zu lange anzusehen, und dann konnte ich in der Regel bis zehn zählen, bis er auf mich zukam und mich ansprach. Je weniger ich sagte, um so gesprächiger wurde er, und wenn ich entschied, mit ihm ins Bett zu gehen, entwickelten sich die Dinge meist schnell. Es war der direkteste und einfachste Ausweg aus Schmerz, Einsamkeit und Verwirrung. Ich brauchte mich nicht mehr mit mir selbst zu beschäftigen, konnte quälenden Gedanken und Selbstzweifeln für kurze Zeit entfliehen. Mitleidlos beobachtete ich die Männer, wie sie sich abmühten, wie verklemmt sie waren, wie konventionell, wie wenig ihnen einfiel, wie sehr sie mich brauchten, damit Stimmung aufkam und nicht nach fünf Minuten schon alles vorbei war. Ich gefiel mir in der Rolle der Animateurin, und seltsamerweise war ich, wenn es um Sex ging, auch gar nicht schüchtern. Ich betrachtete die beteiligten Körper aus der Distanz, so als guckte ich einen Film, ich gefiel mir in meiner Rolle und sah auch noch ziemlich gut dabei aus. Nur selten erwischte ich einen wirklich schönen Männerkörper. Häufig waren ihre Körper schmächtiger und unerotischer, als ich im bekleideten Zustand angenommen hatte. Die erste Enttäuschung meist, wenn sie das T-Shirt auszogen, die nächste dann, wenn die Unterhose am Boden lag. So jungenhaft und albern kamen sie mir vor, hilflos ihren Erektionen ausgeliefert. Sie konnten mir nicht mehr in die Augen sehen, nicht mehr sprechen, nicht mehr lachen, nichts mehr, außer mir ihr Teil reinzustecken und mit geschlossenen Augen zu stöhnen. Mich amüsierte das, ich fühlte mich überlegen. Nichts war erhebender, als nach einem One-Night-Stand frühmorgens durch die leeren Straßen allein nach Hause zu gehen – BH und Nylons in die Handtasche gestopft, Lippenstift verschmiert, Haare zerrauft, eine Zigarette zwischen den Lippen – und mir verdorben vorzukommen.

Während ich im Drugstore saß, schrieb und mich *fine, just fine* fühlte, hätte ich doch eigentlich überzeugt sein können, dass das Schreiben meine Rettung war. Dennoch tauchte auch jetzt der Gedanke an einen Mann auf, an irgendeine Eroberung, falls die Meisterin mich nicht empfangen würde.

Um sechs rief ich abermals an. Dieses Mal ging sie ans Telefon, kein Wort darüber, dass sie nachmittags nicht geantwortet hatte. Wieder rief sie begeistert meinen Namen, und wieder war ich mit einem Schlag so erleichtert, so froh. Dann aber erklärte sie, sie sei *tied up* – ich sah sie mit einem dicken Seil gefesselt vor mir – und *so so sorry,* und ich solle mich doch vielleicht morgen melden, da sähe es viel besser aus. Ich spürte Nadelstiche in der Hand, die sich um den Telefonhörer krallte. *Alright?*

Ich stotterte: *Yes.*

Sure?, fragte sie nach.

Sure, antwortete ich, *sure.* Das ging ein paarmal hin und her wie in einem Abzählreim, bis sie wieder meinen Namen rief und behauptete, sie könne es gar nicht erwarten, mich zu sehen. *Can't wait to see you.* Dieser Satz machte mich ganz hilflos, ich konnte gar nicht schnell genug darauf antworten, obwohl ich ihr doch eigentlich sagen wollte, dass ich nur ihretwegen überhaupt hier war und mich den ganzen Tag schon in der beschissenen, eiskalten

Stadt herumgetrieben hatte und nichts mehr ersehnte, als bei ihr im warmen Wohnzimmer zu sitzen. Aber da hatte sie bereits *until soon!* gerufen und aufgelegt.

Es dämmerte. Ein feuchtkalter Nebel stieg auf. Ich zog die Lufthansa-Decke enger um meine Schultern und wanderte die steilen Straßen bergauf. Der Rucksack wurde immer schwerer, meine Schultern schmerzten. Ohne es wirklich vorzuhaben, nahm ich Kurs auf Nob Hill, wo – wie ich mir in Deutschland anhand des Stadtplans genauestens eingeprägt hatte – die Meisterin wohnte. Viele ihrer Geschichten spielten in dieser Gegend, unter privilegierten, weißen, akademisch gebildeten Frauen, die jedoch mit den Konventionen kämpften und mit ihren Biographien experimentierten wie mit Zutaten zu einem Gericht. Ein bisschen mehr oder weniger Monogamie? Kind allein großziehen oder mit Mann? Eine berufliche Karriere oder ein Leben auf dem Land? Politischer Aktivismus in der Stadt oder Ökokommune? Mich faszinierten diese Geschichten, weil sie von Frauen handelten, die mir ein Stück Lebenserfahrung voraushatten und vorlebten und ausprobierten, was noch vor mir lag. Wie sah das ideale Leben aus? Eine Zeitlang hatte ich *Das goldene Notizbuch* von Doris Lessing mit mir herumgetragen wie eine Bibel. Die Meisterin hatte Doris Lessing abgelöst, ihre Frauen waren jünger, moderner, weniger politisch und mir näher.

Die Straße stieg immer steiler an, ich geriet außer Atem. Die Häuser wurden herrschaftlicher, warmes Licht schien in den Zimmern, ich konnte Bücherregale erkennen, Kronleuchter, Bilder an den Wänden. Schweißüberströmt und keuchend stand ich schließlich vor dem Haus der Meisterin, einem prächtigen viktorianischen Holzhaus mit Giebeln und Erkern, fast alle Zimmer waren erleuchtet. Im Nieselregen wartete ich, frierend und zitternd, dass gleich die Meisterin die Tür öffnen, mich hereinwinken und rufen würde: *I am so so sorry! Come in, please come in!* Bestimmt gab es einen Kamin, wir würden auf dem Sofa sitzen und reden und reden, bis sie mich ins Bett schicken würde wie eine Mutter. Ich ärgerte mich über meine kindlichen Phantasien und konnte gleichzeitig nicht von ihnen lassen. Hinter den Fenstern regte sich nichts. Gar nichts. Als sei das Haus vollständig leer. Eine Schimäre. Meine Erfindung. Warum nahm ich mir nicht ein Herz und klingelte? Das wagte ich nicht, ein indignierter Blick der Meisterin oder womöglich eine weitere Zurückweisung hätten mich zerschmettert.

Ich bekam Angst, sie könnte mich entdecken, und lief die Straße wieder bergab, schneller und schneller, bis ich ins Stolpern geriet, strauchelte, stürzte, mir das Knie aufschlug. Der Schmerz brachte mich zum Flennen. Ich saß auf dem Bürgersteig und heulte, als drei junge Männer auftauchten und mich fragten, ob alles o.k. sei. Sie wirkten freundlich, und ich ließ mir von ihnen aufhelfen. Einer von ihnen war sogar hübsch, er hatte ausgebleichtes, blondes Haar, war groß und braungebrannt, das Inbild eines Kaliforniers. Ob ich vielleicht auch ein Bier vertragen könne, fragte er mich. Ich hakte mich bei ihm ein, humpelte mehr als nötig, und als wir in einer Bar standen, wusste ich bereits, dass er Matrose war, Hugh hieß und ich die erste Deutsche war, die er in seinem Leben kennenlernte.

Er war der erste Amerikaner, mit dem ich schlief. Ein billiges Hotelzimmer ohne Bad, aber mit großem Bett. *Queen Size.* Für eine Königin. Ich fiel in die weichen Kissen und schlief sofort ein, wachte erst auf, als er mich antippte. Nur mit halblangen weißen Unterhosen bekleidet, die kindlich wirkten und die in Deutschland niemand trug, beugte er sich über mich. So muskulös, so braungebrannt, die Zähne so überweiß, so überamerikanisch. Ich wollte einfach nur in diesem Bett liegen bleiben, doch mir war klar, dass es dafür einer Gegenleistung bedurfte. Ich zog mich vollständig aus, den BH, den Slip. Er bestaunte meine Achselhaare, und als ich ihm erklärte, sie seien Ausdruck meines politischen Bewusstseins, lachte er. *Little commie*, nannte er mich von da an, kleine Kommunistin. Das schmeichelte mir, obwohl ich gar keine war, aber hier in Amerika klang es attraktiv und gefährlich. Sein Schwanz war beschnitten, auch das war neu für mich, so plastisch und überhaupt nicht verhüllt. Mit meinem Körper ging er anfangs schüchtern um, als habe er sich auf etwas eingelassen, wovon er nicht ganz überzeugt war. Er bat mich, etwas auf Deutsch zu sagen, während er sich auf mir bewegte. Du bist doof, sagte ich, und er wiederholte es langsam. Du bist ein bisschen doof, sagte ich, und er sagte es mir nach. Er fragte mich, warum mir meine Eltern keine Zahnspange bezahlt hätten, ich hätte vorstehende Schneidezähne. Das war mir noch nie aufgefallen, aber ich habe es nie mehr vergessen. Er murmelte Obszönitäten, die auf Englisch geheimnisvoll klangen und mich beflügelten. *I want to fuck your brains out. Suck my dick. I want to eat you.* Er lachte zwischendurch immer wieder, und auch das kannte ich nicht: Sex und Gelächter. Mit deutschen Männern und besonders mit Pe war Sex eine fast heilige Angelegenheit gewesen, die mir in ihrer Ernsthaftigkeit manchmal lächerlich vorgekommen war.

Ich kicherte zur Probe. Du bist doof, flüsterte Hugh mir ins Ohr. Es wurde dann erstaunlich leidenschaftlich, ich verlor mich in einer Sphäre irgendwo zwischen den Kontinenten, ein Zustand zwischen Wachen und Träumen, ich wusste nicht mehr, wo und wer ich gerade war.

Danach gab es keine Standardzigarette, sondern er drehte einen Joint. Er holte aus seiner Jeanstasche ein Plastiktütchen voll Gras. Mit einer winzigen Silberklammer hielt er den Joint, so dass man ihn zu Ende rauchen konnte bis zum letzten Krümel, bis man sich die Lippen verbrannte. *Roach clip*, so hieß die kleine Klammer. Wie Murmeln bewegte ich die neuen Wörter im Mund und hörte mich mit ganz anderer Stimme kichern.

Er ging aus dem Zimmer, um zu duschen, was mich verletzte. So amerikanisch, danach sofort unter die Dusche zu springen! Ich lag auf den verschlungenen Laken, vor dem Fenster gab es eine Brandmauer, ganz weit oben einen Fleck schwarzen Himmel. Würde er mich jetzt rauswerfen, und ich müsste mitten in der Nacht in meiner Lufthansa-Decke von dannen schleichen? Erschöpft wühlte ich mich aus dem weichen Bett, ging über den Flur und zu ihm unter die Dusche, drückte mich an ihn, verhieß ihm weiteren Sex. Ihn direkt zu bitten, mich die Nacht im Königinnenbett verbringen zu lassen, brachte ich nicht fertig. Dazu war ich zu schüchtern.

Spätabends liefen wir durch grell erleuchtete Straßen. Hugh hielt mich an der Hand, meine Erschöpfung war einer fast überirdischen Leichtigkeit gewichen, als hätte ich kein Gewicht mehr. Wir rannten und lachten, versuchten, die Bilder zu imitieren, die wir aus dem Kino kannten, es fehlte uns nur ein Straßenkreuzer, aus dem ich den Kopf in den Wind hätte halten können. Wir kamen an einem Buchladen vorbei, City Lights Books, der berühmt war, das wusste ich, Lawrence Ferlinghetti hatte ihn gegründet, Allen Ginsberg und die Beatniks waren dort ein und aus gegangen. Aufgeregt zog ich Hugh hinein, strich an den Regalen entlang, bis ich die Bücher der Meisterin gefunden hatte. Ich kannte sie alle, nur das allerneuste noch nicht: *Lightning. 12 Stories.* Das Buch war teuer und wirkte bedeutungsvoll allein schon durch seinen tiefgeprägten Einband mit der Illustration eines Blitzes über offenem Meer. Ehrfürchtig hielt ich es in der Hand, strich immer wieder über den Umschlag und die grobgeschnittenen Seiten, roch daran. Zu gern hätte ich es gestohlen, aber vielleicht würde Hugh es mir ja kaufen? Belustigt betrachtete er mich. *It's just a book,* sagte er.

Vielleicht war ich high oder einfach nur übermüdet, jedenfalls machte mich dieser Satz so wütend, dass ich Hugh mit dem Buch hart auf den Kopf schlug. Er jaulte auf vor Schmerz, wir wurden aus dem Laden geworfen. Ich entschuldigte mich nicht bei Hugh, sondern hielt ihm auf der Straße im wieder stärker werdenden Regen einen Vortrag über das Lesen und die Wichtigkeit von Büchern. Kühl sagte er, er lese nicht. Grundsätzlich nicht.

Wie er denn überhaupt leben könne ohne Bücher?, schrie ich.

Ich lebe gut, sagte er trocken, und jetzt beruhig dich mal, du arrogantes kleines Miststück. *Arrogant little bitch.* Er rieb sich den Schädel, lachte aber, und das nahm mich mit einem Mal so für ihn ein, dass ich ihm in die Arme fiel und sein Ohr küsste. *Let's go home,* sagte ich. *Home.* Jetzt war es schon ganz selbstverständlich unser Zuhause, das schäbige Hotelzimmer mit dem Königinnenbett.

Wir rauchten seine starken Zigaretten ohne Filter, *Lucky Strikes.* Die Zigarette in der Hand, der Matrose neben mir im Bett, die amerikanischen Polizeisirenen vorm Fenster – all das war so unwirklich, dass ich mich der Realität enthoben vorkam.

Ich bin so wütend geworden, weil ich Schriftstellerin bin, sagte ich in meinem holprigen Englisch. *I am a writer.*

Wow, sagte er. *I'm impressed.* Und abermals: *Wow. A writer.*

Würde es sich so anfühlen, eine Schriftstellerin

zu sein? Wäre ich es, würde ich mich dann nicht in dieser Nacht noch hinsetzen und über den Matrosen schreiben? Gäbe es dann überhaupt noch ein nicht erzähltes Leben? Ich versuchte mir jedes Detail an Hugh zu merken, sein unrasiertes Kinn von unten, wie er die Zigarette zwischen Daumen und Zeigefinger hielt, seine breiten Knie, seine in vielen verschiedenen Blondtönen ausgebleichten Haare.

Warum siehst du mich so an?, fragte er.

Wie denn?

Wie ein Arzt, sagte er.

Ich erzählte ihm von meinem Vorbild, der Meisterin, die ich am nächsten Tag treffen würde und deren Bücher ich ihm im Buchladen gezeigt hatte.

Er sei mit Kaufhauskatalogen aufgewachsen, sagte er, Bücher seien für *eggheads,* er erlebe lieber Geschichten, als von ihnen zu lesen. Wo lebst du, fragte er mich, wenn du den ganzen Tag nur am Schreibtisch hockst?

Wo lebst du, fragte ich zurück, wenn du den ganzen Tag nur aufs Meer glotzt?

Du kennst das Meer nicht, sagte er, und das klang sexy, wie ein Song: *You don't know the ocean.*

Alle Meere, die er kannte, zählte er an meinen Fingern und Zehen und sämtlichen anderen Körperteilen auf.

Danach lagen wir still zusammen in der Dunkelheit und hielten uns an den Händen, als kennten wir uns. Seine Zigaretten hinterließen Tabakkrümel auf meinen Lippen. Ich hatte ein flaues Gefühl im Magen und wusste nicht, woher es kam. Er zog mich von hinten an seine Brust, mein Kopf ruhte bequem in seiner Armbeuge. Ich habe Angst zu scheitern, platzte ich heraus. Ich habe Angst, dass ich nie gut sein werde, nie eine richtig, richtig gute Schriftstellerin sein werde. Ich habe Angst, dass man mich fertigmachen und über mich lachen wird, dass ich einen Traum habe, der so lächerlich ist, als wolle eine Taube eine Nachtigall sein. Die zwei Wörter klangen poetisch auf Englisch: *dove* und *nightingale*. Ich war von mir selbst beeindruckt.

Hugh pustete mir in den Nacken. *Alice*, sagte er, *you think too much.*

Um sechs Uhr früh, als ich hellwach im Bett saß und die Stunden zählte, bis ich die Meisterin endlich wieder würde anrufen dürfen, lag neben mir ein Unbekannter. Ein grobes, sonnenverbranntes Gesicht, die Haare zerrauft, ein massiger Körper, ein schweres Bein auf meinem. Mir war übel vom Rauchen und vom Reisen und von zu viel Sex.

So hundstraurig und verloren fühlte ich mich, dass ich Hugh brutal aus dem Tiefschlaf holte in der Hoffnung, er wäre in wachem Zustand kein Fremder mehr. Grunzend und muffig erwachte er, der Versuch war gescheitert.

Ich küsste ihn, um ihm wieder näherzukommen, aber er schmeckte nach kaltem Rauch und wandte sich ab. Weil ich nicht wusste, wohin mit mir, fing ich versuchsweise an zu heulen. Hugh stöhnte, klappte jedoch die Augen auf und fragte gehorsam: *What is it?* Wie in einem einstudierten Dialog erwiderte ich: *Nothing,* und schluchzte.

Er musste viele Male nachhaken, mich umarmen, umgarnen, küssen, streicheln, liebkosen, bis ich, nur weil es mir peinlich war, dass ich tatsächlich keine Ahnung hatte, warum ich heulte, sagte, ich könne es ihm nicht sagen. Schlafwandlerisch gehorchten wir dem Drehbuch einer miesen *soap opera,* das ihm befahl, so lange nachzufragen, bis ich ihm endlich ein großes Drama gestand. Keine Ahnung, welcher Teufel mich ritt. Vielleicht trieb mich das Gefühl von Unzulänglichkeit und Scham angesichts meiner Lüge, ich sei Schriftstellerin, dazu, eine schlimmere Lüge zu erfinden, um die erste Lüge zu tilgen. Ich band dem armen Hugh einen wirklich widerlichen Bären von einer seltenen Krankheit auf, an der ich litte und von der niemand wisse, wie sie sich entwickeln würde, aber dass meine Tage gezählt seien, das sei gewiss. Gleichzeitig entschuldigte ich mich dafür, ihn damit zu belasten, normalerweise hätte ich mich weitaus besser unter Kontrolle und wir würden uns ja kaum kennen. Ich schluchzte noch stärker, weil mir nichts mehr einfiel. Hugh betrachtete mich hilflos, tapste mir mit seiner Matrosenpratze auf den Rücken, zog mich an seine Brust, ich schniefte in sein blondes Brusthaar. Mein beschissenes Drama erschöpfte mich auf angenehme Weise, ich bekam wieder Kontakt zu ihm, zu mir selbst, so als würden Fäden neu gesponnen und geknüpft, die zuvor durchtrennt gewesen waren.

Oh, baby, murmelte Hugh in mein Haar, *I am so so so sorry.* Reflexartig setzte sein amerikanischer Optimismus ein, er begann von Heilungsmethoden zu faseln, die bestimmt bald erfunden würden, und ich dürfe nie, niemals die Hoffnung verlieren. Die Hoffnung sei ein großes blaues Ding. Ich nahm mir vor, das aufzuschreiben. Zärtlich wischte er mir die Tränen ab, meine Schluchzer verebbten wie Wellen nach einem Sturm, ich sah ihm in die blauen Augen und lächelte tapfer. *A big blue thing,* wiederholte ich. Ich kotzte mich zwar an, aber fühlte mich deutlich besser. Fast frohgemut.

Nicht die Meisterin nahm dieses Mal das Telefon ab, sondern Blake. Auch er rief mehrmals hintereinander laut meinen Namen, wie wunderbar, dass ich in der Stadt sei, wann man sich denn endlich sehen könne?

Oh, stotterte ich überrascht, ich weiß nicht, wann ihr Zeit habt.

Er machte eine lange Pause. Ich hatte schon Angst, die Verbindung sei unterbrochen, da sagte er in vertraulichem Ton: Weißt du, Alice, sie hat es im Augenblick ein bisschen schwer. Verstehst du? Das verstehst du doch?

Ich verstand gar nichts, aber sagte: *Yes, sure, of course.*

Good, sagte er mit belegter Stimme, *good.*

Was jetzt gut sein sollte, war mir unklar. Schnell nannte er eine Uhrzeit, den Namen eines Restaurants, eine Straße. Wie ein Gebet wiederholte ich die Angaben den ganzen Weg zurück ins Hotel.

Im Zimmer saß Hugh mit gekreuzten Beinen und geschlossenen Augen auf dem Bett. Er regte sich nicht, öffnete auch nicht die Augen, sagte nichts. Als ich ihn schließlich fragte, was er denn da mache, murmelte er nur: Ich meditiere. Das war das erste Mal, dass ich dieses Wort hörte, daran erinnere ich mich.

Ich stellte mich ans Fenster. Der graue Himmel riss genau in diesem Augenblick auf, als habe er auf mich gewartet. Die Sonne schien alles überzubelichten, jede Form trat so scharf hervor, als gäbe es mit einem Mal eine 3-D-Fassung dieser Welt. In einem Bild von Edward Hopper steht auch eine Frau am Fenster in genau diesem Licht, das ich damals als so amerikanisch empfand, wie eine Übertreibung.

Vor dem Mittagessen allein mit Blake fürchtete ich mich. Ich hatte mit ihm nie eine Minute allein verbracht. Er würde mich nach Pe fragen, von dem ich mich endlich unter großen Qualen gelöst hatte. Nein, Lüge. Pe war zu seiner Frau zurückgekehrt. Sechs Monate lang hatte ich jeden Tag bitterlich geweint, ohne zu verstehen, warum, denn eigentlich hatte doch ich ihn verlassen wollen, und er war mir zuvorgekommen. Am Ende war ich in meiner Pein sogar bei einer Psychotherapeutin gelandet, die mir auf den Kopf zusagte, ich sei wohl sehr in meiner Eitelkeit gekränkt, aber für die Kasse würde sie mir eine Depression bescheinigen. Ich ging nie wieder hin.

Fertig, sagte Hugh hinter mir, schlang seine Arme um mich und zog mich zu sich aufs Bett.

Was soll das, dieses Meditieren?, fragte ich. Es sieht langweilig aus.

Es ist auch langweilig, sagte er und rieb seinen Körper an meinem. Aber es hilft gegen Kummer und Einsamkeit.

Im Ernst? Das interessierte mich.

Ja, erklärte er, du versuchst, nicht zu denken, nur zu atmen, und nach einer Weile löst du dich auf.

Das klingt beängstigend.

Nein, du löst dich auf, und gleichzeitig auch der Kummer, die Einsamkeit, die Angst. Kein Gefühl hält länger als drei Minuten an. Ist bewiesen.

Wirklich?

Ein Gefühl ist nur eine körperliche Empfindung.

Der Gedanke verblüffte mich. So wie Halsschmerzen? Oder Bauchschmerzen?

Nur viel kürzer. Es gibt kein Gefühl ohne Körper.

Woher hast du das?

Ich bin oft die Asienroute gefahren, sagte er lässig, als erkläre das diese erstaunliche Erkenntnis.

Ich fühle mich oft sehr viel länger verzweifelt als nur drei Minuten, sagte ich.

Weil du den Gedanken erneuerst. Wenn du ihn nicht erneuerst, gibt es den Schmerz nicht mehr.

Hm, sagte ich. Das hast du aus einem Buch, gib es zu. Irgendein Bestseller mit dem Titel *How not to feel pain* oder so ähnlich.

Er sah mich an, sagte nichts, schüttelte nur lange den Kopf. Grinste.

Ich erneuere jetzt mal den Gedanken, dass ich dich mag, sagte ich. *I like you.*

Hast du 'ne Ahnung, wie einsam man auf so 'nem blöden Schiff ist?

Hast du 'ne Ahnung, wie einsam man in deinem Land, diesem Amerika, sein kann?, fragte ich.

Ja, sagte er, davon hab ich 'ne Ahnung, stell dir vor.

Selbst die Teller waren größer in Amerika. Blake hatte für mich bestellt, *bagel with lox and cream cheese,* auf meinem Teller befand sich der Inhalt einer ganzen Schachtel Frischkäse, ein halbes Pfund Lachs, Kapern, Zwiebelringe, Tomaten, ein riesiger Bagel. Blake trank nur Kaffee und sah mir amüsiert beim Essen zu. Die Hände presste er unter dem Tisch gegen seine Knie – eine seiner isometrischen Übungen, die Pe und ich von ihm am Strand von Mexiko gelernt und seither jeden Tag gemacht hatten.

Als Pe mich verließ, hatte ich sofort mit ihnen aufgehört, aber Pe machte sie sicherlich immer noch. Ich sah ihn vor mir, mit seiner hässlichen, alten Ehefrau in seinem hässlichen Bungalow, wie sie das Frühstück auf den Tisch stellte und er seine Übungen absolvierte.

Wie geht es Pe?, fragte Blake.

Weiß ich nicht, sagte ich.

Aha, sagte Blake. Schade.

Nein, nicht so schade. Jeden Krümel pickte ich von meinem Teller wie eine Taube.

Blake sah mich durchdringend an. Ich hatte ihn jünger in Erinnerung gehabt, jetzt kam er mir verwittert vor, die Falten in seinem Gesicht tiefer, seine Haare grauer als noch vor zwei Jahren.

Was machst du hier in unserer Stadt?, fragte er. Es sollte bestimmt freundlich klingen, aber ich fühlte mich wie in einem Verhör.

Ich ... ich wollte mir die Stadt anschauen ... und die Meisterin besuchen, euch besuchen, sagte ich so lässig wie möglich. Ich nannte die Meisterin auf Englisch *the master*.

The master, wiederholte Blake belustigt. Sie lässt dich herzlich grüßen. Er hörte auf mit seinen Übungen und legte die Hände auf den Tisch. Seine Fingernägel waren abgekaut, was gar nicht zu seiner bulligen, bestimmten Art passte. Er holte Luft. Ich werde dir jetzt die Wahrheit sagen, begann er. Ich bekam Herzklopfen. Sie ist ... wie soll ich dir das erklären? Sie ist ...

Krank?, fragte ich ängstlich.

Man kann es so nennen. Sie ist deprimiert. Verzweifelt. Am Boden. Ja, die Meisterin ist in einer tiefen Krise.

Aber warum denn?, fragte ich kleinlaut.

Überleg dir gut, ob du dich in deinem Beruf von

der Meinung anderer Leute abhängig machen willst, sagte Blake. Willst du nicht auch schreiben? War das nicht so?

Ich traute mich kaum zu nicken. Was hatte Blake für einen Beruf? Ich erinnerte mich nicht.

Na ja – er sprach jetzt schneller, als öde ihn die Erklärung an –, ein kleines Arschloch, das sich für den wichtigsten Literaturkritiker im ganzen Land hält, hat in einer Zeitung, die sich für die wichtigste im ganzen Land hält, geschrieben, dass die Meisterin nichts weiter sei als eine schreibende Hausfrau.

Eine schreibende Hausfrau, wiederholte ich.

Eine schreibende Hausfrau. Blake nickte, machte eine Pause, sah zum Fenster hinaus. Dort ging ein knutschendes schwules Paar in Lederkluft vorbei. Blake wandte sich wieder mir zu. Und das hat sie umgehauen. Schreibende Hausfrau! Das klingt nach Kittelschürze und Kuchen im Ofen, die Frau setzt sich an den Küchentisch, der noch mit Mehl bestäubt ist, und schreibt ein paar Zeilen, bevor der Kuchen gar und der Ehemann zu Hause ist. Sie hat noch nicht mal eine funktionierende Küche, sagte Blake. Und ich weiß, wo der Staubsauger steht, nicht sie. Ich bin der Hausmann, und sie ist die Künstlerin. Ich backe den Kuchen.

Er klang seltsam bitter, als habe er sich das nicht ausgesucht. Sie hat wirklich alles getan, um eine

Schriftstellerin zu sein, die man ernst nimmt. Wirklich alles. Er schlug mit der Hand auf den Tisch, dass die Kaffeetassen tanzten. Und dann kommt so ein kleines Arschloch, zwei Wörter, und *boom*.

Schrecklich, sagte ich hilflos.

Sie liegt im Bett. Steht nicht mehr auf. Wir sind wieder da, wo wir vor Jahren schon einmal waren. Im Herzen der Finsternis.

Ich schluckte. Zitierte Blake den Titel der Novelle von Joseph Conrad, *Heart of Darkness*, mit Absicht? War das Ganze ein Test?

Du weißt sicherlich von ihrem Sohn?

Ich wusste nichts von ihrem Sohn, nur dass sie einen hatte. Hatte sie mir etwas über ihn erzählt? Ich konnte mich nicht erinnern, aber das mochte ich nicht zugeben.

Blake heftete seinen Blick auf mich und stöhnte: Alles sinnlos. Alles bedeutungslos. Das Opfer, die Schuld, alles sinnlos. Er nickte gravitätisch.

Ich war mir nicht sicher, ob dieses Pathos wirklich etwas mit der Meisterin zu tun hatte, die doch immer so kühl und gelassen auf mich gewirkt hatte. Ich überlegte, wie ich nachfragen konnte, ohne einzugestehen, dass ich nichts wusste. Ich wiederholte: Das Opfer. Die Schuld.

Blake griff blitzschnell nach meiner Hand, so dass ich erschrak, und hielt sie fest. Alles nur, um zu schreiben. Jeden Tag hat sie sich Vorwürfe ge-macht. Jeden Tag musste ich mir das anhören, jeden Tag! Und wofür? Dass ein kleines, dahergelaufenes Arschloch sie eine schreibende Hausfrau nennt!

Er ließ meine Hand fallen und lehnte sich zu-rück, verschränkte seine Arme hinter dem Rücken für eine weitere isometrische Übung. Verstehst du? Verstehst du das?

Mit flackerndem Blick sah er mich an, bis ich vor-sichtig nickte. Er kam mir irre vor. Kann ich sie be-suchen?

Ich glaube, das wäre zurzeit nicht ratsam, sagte er sanft. Sie braucht Ruhe. Das verstehst du doch bestimmt. Verstehst du das?

Erneut nickte ich. Immer wieder dieses *Do you understand? You do understand, don't you?* Als wäre ich bekloppt. *Of course I understand,* sagte ich.

Hab ich mir gedacht, sagte er. Ihr seid ja Kolle-ginnen.

Stolz schwellte augenblicklich meine Brust.

Wenn du mich fragst, dieses ganze verdammte Schreiben lohnt sich am Ende nicht. Er warf ein paar Dollarscheine auf den Tisch und stand auf. Es war schön, dich zu sehen, sagte er fröhlich. *Have fun.* Und grüß Pe von mir, ja? Schwer klopfte er mir auf die Schulter und ging. Sah sich noch einmal um und rief, ich solle mich doch melden. *In a week or so.* Meine Antwort wartete er nicht ab.

Ich zählte die Geldscheine auf dem Tisch, sie beglichen genau die Rechnung, mit einem Dollar Trinkgeld. In Gedanken teilte ich das Geld, das ich noch hatte, durch die Tage bis zu meinem Rückflug. Panik stieg in mir auf und betäubte mich, so dass ich noch lange vor meiner leeren Kaffeetasse saß, die nun auch nicht mehr nachgefüllt wurde, Blake hatte ja bereits bezahlt.

Als ich ins Hotelzimmer zurückkam, lag ein Zettel auf den Laken. *My ship is leaving NOW. So sorry.* Den Zettel in der Hand, saß ich auf dem Bett, und erst viel später, es fiel schon keine Sonne mehr ins Zimmer, der Schatten hatte sich über die Brandmauer gelegt, fand ich das Buch. *The Lightning.* Auf der Innenseite stand eine Widmung: *Doo beast dofe. Love, Hugh.*

Sie hatte eine Geschichte über Mexiko geschrieben. Eilig überflog ich die Seiten auf der Suche nach mir. Aber ich kam nicht darin vor. Mit keinem einzigen Satz. Sie ganz allein besuchte Fernando im Gefängnis. Er erinnerte sie an ihren Sohn, schrieb sie, mit dem sie jahrelang in diesen mexikanischen Badeort in die Familienferien gefahren war, bevor sie sich von ihrem Mann trennte und den Sohn in seiner Obhut ließ. Der Sohn hatte nie wieder mit ihr Kontakt aufgenommen, es war unklar, ob aus eigenem Willen oder weil ihr Ex-Ehemann es verhindert hatte. Die Meisterin schrieb elegant wie immer über den Schmerz, ob es tatsächlich der ihre oder ein erfundener war, konnte ich nicht ausmachen. Fernando und seine Mutter waren die zentralen Figuren, die stumme, stoische Liebe zwischen ihnen. Eifersüchtig fraß ich Satz für Satz in mich hinein wie eine süße, aber vergiftete Speise. Hatte ich so wenig Eindruck auf sie gemacht, dass ich in ihrer Erzählung gar nicht existierte? Ich war doch immerhin der Auslöser für die ganze Geschichte gewesen! Und Fernandos Mutter, die nun eine große Rolle spielte, hatte sie noch nicht einmal kennengelernt! Die Mutter stammte von mir! In meiner Wut erinnerte ich mich nur noch schemenhaft an die wahren Begebenheiten, dafür jedoch genau an meinen detaillierten, aber komplett erfundenen Bericht in meinem Brief an die Meisterin. Ich hatte doch noch den Staub der mexikanischen Wüste in der Nase, spürte das Rütteln des Gefangenentransports in den Knochen, roch Fernandos Angstschweiß, schmeckte seinen Kuss. Die Fiktion hatte die Realität gelöscht. Ich spürte ihre Macht wie eine gefährliche Kraft im Raum. Mein Herz klopfte wild vor

Verletzung, vielleicht auch vor Aufregung. So genau konnte ich das nicht auseinanderhalten. Im Schneidersitz setzte ich mich aufs Bett, wie ich es bei Hugh gesehen hatte, faltete die Hände im Schoß und schloss die Augen. Wie Blitze über einem weiten, dunklen Feld zuckten die Gedanken, unsortiert, willkürlich. Banale, dramatische, traurige, komische. Erinnerungen, Hoffnungen, Ängste. Ein Wetterleuchten der Gedanken, das sich in Gefühlen äußerte. Da waren Hughs blonde Brusthaare und die dunklen Locken von Pe, Blakes abgebissene Fingernägel, der schwarze Badeanzug der Meisterin, der weiße Sand, orangerote Papayaschnitze, mein Schluchzen, als Pe seine Kisten aus der gemeinsamen Wohnung trug, meine Mutter, die mich mit einem grünen Frotteehandtuch abrubbelte, die Lufthansa-Decke, das Röhren der Spülung auf dem Flugzeugklo, ein Wasserstrudel, in den ich beim Schwimmen in Mexiko geraten war, Hugh, der lachte und schwer über mir schnaufte, sein Atem, der nach Kaugummi roch, die Pfefferminzpflanze im Kräutergarten meiner Großmutter. Ich öffnete die Augen, stieg aus dem Gedankenstrom wie aus einem Fluss, vergaß aber nie mehr, dass er in mir weiterfloss, weiter und weiter, ohne Unterlass, und dass ich jederzeit wieder einsteigen und mich treiben lassen konnte.

Die Tage, die ich mit viel zu wenig Geld in San Francisco verbrachte, erwiesen sich als eine der aufregendsten Zeiten meines Lebens. Ich entdeckte das Viertel um die Castro Street und die Schwulenszene, machte die Bekanntschaft von Dragqueens, Lederschwulen, Strippern, Teddy Boys. Ich fand schnell Freunde, die mich abwechselnd bei sich übernachten ließen und deren Hunde ich ausführte, wenn sie sich bis früh am Morgen in den Bars herumtrieben. Ich lernte einen Zen-Mönch kennen, der in einem früheren Leben als Transvestiten-Gogo-Girl gearbeitet hatte. Er unterhielt in seiner Wohnung eine Meditationsstube, und als ich ihn dort besuchte, zeigte er mir in dem winzigen Garten hinter dem Haus drei Gräber von drei schwulen Freunden, die er bis in den Tod gepflegt hatte.

Er forderte mich auf, abends in die Meditationsgruppe zu kommen, doch ich wollte gar nicht, dass die Gedanken langsamer wurden und aufhörten, sondern ich wollte mich an ihnen berauschen wie auf einem Trip. Nein, nein, nein, berichtigte er mich, das ist nicht der Sinn der Sache, nicht mehr zu denken. Man soll erkennen, dass man überhaupt denkt, und die Gedanken ziehen lassen, ohne sich an ihnen festzuhalten.

Aber sie führen mich zu Geschichten, und ich liebe Geschichten, wandte ich ein.

Er lächelte, seine Lachfalten zogen sich bis in seine kahlrasierte Kopfhaut. Geschichten hindern dich daran, dich hier und jetzt in deinem wirklichen Leben aufzuhalten.

Aber was soll daran besser sein?

Wenn du dich nur in deinen *stories* aufhältst, verpasst du dein Leben.

Ich lebe doppelt, hielt ich ihm entgegen, in meinem Leben und auf dem Papier.

Hm, sagte er und strich sich bedächtig über die Glatze. Aber es gibt jeden Moment nur ein einziges Mal. Wo bist du also wirklich?

Darauf wusste ich keine Antwort. Die Frage rührte an mein beunruhigendes Gefühl, im eigenen Leben nicht wirklich vorhanden zu sein und mich nur durchs Schreiben meines Lebens vergewissern zu können.

Er hatte noch eine härtere Frage für mich: Wer bist du, wenn dir niemand zuschaut?

Dann schau ich mir selbst zu, sagte ich unsicher. Unter mir tat sich ein Abgrund auf. Er nahm meine Hand und schüttelte sie kräftig. *Congratulations*, sagte er, doch ich begriff nicht, wozu er mir gratulierte.

Der Zen-Mönch liebte Filme. Mit ihm ging ich in das legendäre alte Castro Theatre, das Filme von Rainer Werner Fassbinder zeigte, den er vergötterte, und ich platzte fast vor Stolz, als sei Fassbinder ein Verwandter, der es geschafft hatte.

Ich dachte kaum noch an die Meisterin, und als ich zehn Tage später, knapp vor meinem Abflug, noch einmal bei ihr anrief und sie mich gleich zum Kaffee zu sich einlud, musste ich kurz überlegen, ob ich so kurzfristig überhaupt Zeit hatte.

Weit öffnete sie die Tür. Sie trug ein graues Kaschmirkleid, zwei ebenfalls graue Katzen schmiegten sich an ihre Beine. Alice! Sie lächelte. *Finally!* Wir umarmten uns luftig. Sie bat mich hinein in ihr elegantes und überraschend bürgerliches Haus. Auf einem antiken Tischlein standen zwei zarte Teetassen und eine Teekanne auf einem Stövchen. Gingerbread auf einem Tellerchen. Sie wirkte älter als in meiner Erinnerung. Ihre Haare waren fast weiß, ihre Hände von Altersflecken übersät. Sie trug keine Strümpfe in ihren Ballerinas, ihre Beine, die sie jetzt übereinanderschlug, waren immer noch schön. Ruhig betrachtete sie mich. Ich wartete höflich, bis sie mich ansprach. Wie es mir in San Francisco ergangen sei, was ich so gesehen und erlebt habe. Ich gab Plattitüden von mir, redete von der Golden Gate Bridge und dem wunderbaren Wetter. Ja, sagte sie, jetzt ist es wunderschön. Vor zwei Wochen war noch fast Winter! Schaurig. Es hat nur geregnet. Ich bin keinen Schritt mehr vor die Tür gegangen! Es kann hier so kalt und ekelhaft sein. Das glaubt niemand, der hier nicht lebt.

Ich schwieg.

Sie beugte sich ein wenig vor. Und, Alice, was macht das Schreiben?

Ich seufzte.

Sie lachte. Wer nicht seufzt auf die Frage, der schreibt nicht, sagte sie. Also?

Ja, sagte ich, ich versuche dranzubleiben. Hab ein paar Geschichten angefangen.

Gut, sagte sie, sehr gut. Eine der beiden Katzen sprang auf meinen Schoß. Oh, das ist Flaubert, der ist eigentlich gar nicht zutraulich. Flaubert und Balzac – sie zeigte auf die andere Katze. Ich weiß, es ist albern. Sie lachte so laut, dass ich erschrak. Meine großen Helden. Unerreicht. Jetzt seufzte sie. Erhob sich, ging zu einem Bücherregal, zog ein Buch heraus. Es war *The Lightning*. Im gesamten Regal standen nur Bücher von ihr.

Sie schrieb etwas in das Buch und reichte es mir. Gerade erschienen, sagte sie. Es kommt richtig gut an. Bin ganz überrascht.

Ich bedankte mich und beglückwünschte sie. Wagte nicht, ins Buch zu sehen.

Es ist schön, wenn ein Buch gute Kritiken bekommt und auch noch gekauft wird, sagte sie, doch es ist dann auch so schnell wieder vorbei. Man hofft immer darauf, und wenn es dann passiert, wiegt es lange nicht so viel, wie man gedacht hatte.

Aber besser, als wenn man schlechte Kritiken bekommt, sagte ich vorsichtig.

Ja, natürlich. Sie lachte leise und wirkte jetzt wieder so, wie ich sie aus Mexiko in Erinnerung hatte. Doch auch schlechte Kritiken vergehen. Man behält sie zwar deutlich länger im Gedächtnis als die guten, aber irgendwann vergisst man auch sie.

Ich weiß nicht, sagte ich.

Doch, doch, erwiderte sie leichthin, du wirst sehen. Nimm die guten nicht zu ernst und die schlechten auch nicht.

Aber gibt es nicht auch richtig fiese Kritiker, die einen bis auf die Knochen verletzen können?

Ach, da sage ich mir immer, dass sie so wenig vom Schreiben verstehen wie der Papst von Sex. Sie kennen es nur vom Hörensagen.

Hm, machte ich.

Lass dich bloß nicht entmutigen. Sie klopfte mir flüchtig aufs Knie.

Ich kraulte die Katze. Die Meisterin sah müde aus. Wie geht es Blake?, fragte ich höflich.

Sie rührte sehr lange in ihrem Tee. Wir haben uns vor kurzem getrennt.

Verblüfft schwieg ich.

Er war paranoid, erklärte sie, die ganze Welt war gegen ihn. Er hat sich an mich geklammert wie ein kleines Kind. Ich habe das nicht mehr ertragen.

Ich nickte. Bereitete mich darauf vor, über Pe reden zu müssen, aber sie erwähnte ihn nicht.

Blake hat den Vorgang des Schreibens nie verstanden, fügte sie hinzu.

Erwartungsvoll sah ich sie an.

Na ja, sagte sie, dass man Opfer bringen muss. Dass man nicht zur Verfügung steht. Dass man jeden Tag scheitert. Bis ins Mark scheitert. Dass wir scheitern, sogar wenn wir Erfolg haben.

Ich schaute wohl erschrocken.

Ja, wiederholte sie langsam, wir scheitern und scheitern. Wir scheitern nicht auf dem Weg zum Gelingen, sondern wir scheitern grundsätzlich. In der Mitte dieses Spinnennetzes aus dem täglichen Debakel des Schreibens, der Verzweiflung und Depression sitzt keine Spinne, die man töten könnte, sondern der Leser! Denn selbst wenn wir richtig gut sind, haben wir keine Ahnung, was der Leser aus dem macht, was wir schreiben.

Immer schneller kraulte ich die Katze Flaubert, die schon schnurrte wie ein Küchenmixer.

Sanft lächelte die Meisterin. Flaubert ermuntert mich jeden Tag, weil auch er jeden Tag gescheitert ist, und jeden Tag wieder geschrieben hat.

Besser scheitern, sagte ich leise.

Zitierst du gerade Samuel Beckett?

Ich nickte schüchtern.

Ah, bullshit, sagte die Meisterin herzhaft. Das versteht jeder verdammte *creative writing*-Student falsch. Als gäbe es am Ende das Nicht-Scheitern, als wäre das Scheitern nur ein Zwischenschritt zum Erfolg. Nein! Es gibt keinen Erfolg! Verstehst du? Unsere Muse ist das Scheitern. Sie seufzte, wie wenn es keinen Sinn habe, es mir weiter zu erklären. Als Bernard Malamud den *National Book Award* bekam – sagt dir Bernard Malamud was?

Ich schüttelte den Kopf.

Lesen!, befahl sie. Seine Kurzgeschichten und vor allem seinen Roman *God's Grace*. Ich hatte eine Freundin, die in seinem Verlag arbeitete, die hat mich mitgeschleppt. Große, festliche Veranstaltung, alles sehr einschüchternd. Als Malamud da oben stand und seine Ehrung entgegennahm, habe ich innerlich geschrien: Ja, ja, ja! Das will ich! Genau das will ich auch! Dann hat er seinen Preis auf dem Pult liegen lassen, und bei dem festlichen Dinner zu seinen Ehren hatte man vergessen, einen Platz für ihn einzuplanen. Sie lachte und schlug die Hände zusammen. So, sagte sie, und jetzt reden wir nur noch über interessante Dinge.

Wie eine brave Studentin fragte ich, wie sie ihre

Geschichten strukturiere, anstatt sie zu fragen, was mich wirklich interessierte: Meisterin, glauben Sie, ich sollte diesem Traum vom Schreiben weiter nachhängen? Was kommt dabei rum? Lohnt es sich wirklich? Ich sehe Sie und Ihre Bücher im Regal, aber wo ist Ihr wirkliches Leben? Ich habe Angst, mir ein zweites Leben zu erfinden, über dem ich mein erstes verpasse, weil ich zu viel Angst davor habe.

Sie erläuterte mir, wie sie alle Geschichten nach dem System ABCD konstruierte. Im Teil A führte sie die gegenwärtige Situation ihrer Charaktere ein, in B beschrieb sie deren Vergangenheit, in C ihre Versuche, die Situation zu bewältigen, die sie in A für sie geschaffen hatte, und im Teil D erlaubte sie ihnen ein Stückchen Hoffnung oder versagte es ihnen.

Ich nickte eifrig und wusste gleichzeitig, dass ich ihr System nie anwenden würde. Nach etwa einer Stunde verstummten wir ein wenig ratlos. Die Katze sprang von meinem Schoß. Ich stand auf, weil ich das Gefühl hatte, es wäre an der Zeit. Sie erhob sich ebenfalls – erleichtert, wie ich meinte. *Lots of luck*, sagte sie und umarmte mich nicht weniger luftig als am Anfang. Ich wünschte ihr das Gleiche. Die beiden Katzen strichen wieder um ihre Füße, als sie mich verabschiedete, und mein letztes

Bild von ihr war, wie sie dort in der Tür stand, hinter ihr brannte der Kronleuchter, und die Luft schimmerte golden, aber an ihrer Stelle hätte ich mich gefürchtet, ins leere Haus zurückzugehen. Sie winkte noch einmal und schloss die Tür.

Ich lief den Berg hinunter, immer schneller und schneller, bis ich begann zu hüpfen, ohne genau zu wissen, warum.

III

Dir habe ich nie von der Meisterin erzählt. Seltsam, in fünfzehn Jahren nicht. Wenigstens ein kleines Geheimnis, das ich vor dir bewahrt habe.

Als ich meine Kisten packte, um aus unserer gemeinsamen Wohnung auszuziehen, fiel mir das Buch mit der Widmung der Meisterin in die Hände: *For Alice, fellow thief and vampire.* Von ihrem Tod habe ich erst sehr spät erfahren. Sie hatte mir in ihrem letzten Brief von einer schweren Krankheit berichtet, aber ich war so abgelenkt von meiner noch jungen Liebe zu dir, dass ich mir nicht vorstellen konnte, dass es ein letzter Brief sein konnte. Ich habe nicht darauf geantwortet, auch weil ich ihr mein Scheitern nicht eingestehen wollte. Schriftstellerin war ich nämlich immer noch nicht geworden, und danach fragte sie in jedem Brief.

Als ihre Briefe ausblieben, kam mir nicht in den Sinn, dass sie vielleicht nicht mehr am Leben sein könnte. Der Kontakt riss ab, ich dachte nur noch selten an sie, bis ich auf dem Klappentext einer neuen Ausgabe mit Kurzgeschichten ihr Todesdatum fand. Das Foto war gleich geblieben. Sie lächelte ein wenig spöttisch, ihre Haare so schiefergrau wie die Katze auf ihrem Arm. Sie war knapp siebzig geworden, was mir damals alt erschienen wäre und jetzt nicht mehr, denn jetzt bin ich fast so alt wie die Meisterin, als wir uns kennenlernten. Sie kam mir damals alterslos vor, so elegant und selbstsicher. Ich sehe sie vor mir, wie sie die Treppen vom Strand zum Hotel hinaufschritt, in einem schwarzen Badeanzug, ein weißes Tuch um den Kopf, eine Sonnenbrille. Wie ein Star. Ich fahre wieder nach Mexiko. Die Einladung der Universität von Mexico City habe ich angenommen, weil ich mich an mich selbst erinnern wollte. Und an die Meisterin. Weil ich plötzlich wieder allein war und Haltung brauchte. Sie hatte Haltung. Oder etwas, was ich dafür hielt. Nichts ist mehr sicher, wenn man älter wird.

Nehmen Sie auf keinen Fall ein Taxi auf der Straße, sondern buchen Sie es am Flughafen, Schalter rechts gleich am Ausgang. In der letzten Zeit hat es wieder Blitzentführungen gegeben. Tragen Sie keinen auffälligen Schmuck oder eine teure Uhr. Halten Sie Ihr Telefon, wenn Sie damit fotografieren, mit beiden Händen fest. Gehen Sie abends nicht allein auf die Straße. Wenden Sie sich nicht an Polizisten – sie könnten Sie bedrohen und ausrauben.

Professor Kiepert, Leiter der Germanistischen Fakultät, hatte mir diese Warnungen gleich zwei Mal geschickt, so wie er alle Mails zwei Mal schickte. Dann rief er auch noch an und hinterließ die beunruhigende Nachricht, ich solle mir auf gar keinen Fall Sorgen machen! Wirklich nicht! Es sei gar nicht so gefährlich, wie es in seiner Mail vielleicht geklungen habe.

Wären wir noch zusammen gewesen, hättest du mich nicht fahren lassen. Oder du hättest mir Kieperts Ratschläge ausgedruckt, den Zettel in meine Handtasche gestopft, mir am liebsten noch ein Heiligenbildchen in den Mantel genäht. Du warst der Fürsorgliche von uns beiden.

Es war anstrengend, wieder allein zu sein. Aus Gewohnheit wandte ich mich in Gedanken immer noch ständig an dich. Ich hatte gedacht, es sei einfacher, woanders allein zu sein als zu Hause, wo ich Angst hatte, dir und ihr und dem Baby über den Weg zu laufen. Aber je weiter ich mich geographisch entfernte, umso lauter wurde deine Stimme, als ständest du rund um die Uhr direkt neben mir.

Allein fand ich den Taxischalter nicht, so ging es schon los. Hundemüde vom langen Flug nahm ich deshalb doch ein Taxi auf der Straße. Schwarze Wolken hetzten über den noch blauen Himmel. Es war kalt. Der Taxifahrer sah nicht besonders gefährlich aus. Ich zögerte, Zögern ist immer gefährlich. Zögern und Zaudern, eigentlich deine Spezialität. Dein Instinkt riet mir, nicht einzusteigen, mein Instinkt schwieg. In meinem Leben mit dir hatte ich oft nur aus Trotz gehandelt. Ich stieg ein und sagte laut und deutlich meine Adresse: *37, Calle París, Coyoacán.* Der Fahrer war jung, ganz gutaussehend, nickte, lächelte sogar. Da schlug ich die Tür zu, eine letzte Fluchtmöglichkeit hatte ich mir noch erhalten wollen.

Ein Paukenschlag, ein Gewitter brach los, eine Welle, die uns überspülte. Obwohl die Scheibenwischer eifrig wischten, sah man nichts mehr. Wir fuhren in ein schlieriges, unscharfes Farbspektakel hinein, als hätte ich vergessen, meine Kontaktlinsen einzusetzen. Ich träume oft, wie ich versuche, mir Linsen einzusetzen, die zu groß sind für meine Augen, nichts sehe ich mehr scharf, die Welt um mich herum verschwimmt, aber ich kriege diese verfluchten Linsen nicht rein. Rede nie über deine Träume, das interessiert niemanden. Eine Regel meiner Mutter, der Königin des Smalltalks. Besonders, wenn sie betrunken ist, was man ihr nicht mehr anmerkt, weil sie immer betrunken ist. Schweig lieber und lächle, als dass du andere langweilst. Ihre Angst. Meine Angst. Dass ich langweilen könnte. Hab ich dich gelangweilt?

Nach einer halben Stunde fragte der Fahrer mich abermals nach der Adresse. Ich wiederholte sie langsam und fügte hinzu: *Cerca de la casa de Frida Kahlo,* denn gleich um die Ecke von ihrem blauen Haus sollte die Wohnung liegen, doch das schien ihm nichts zu sagen. Er zückte sein Handy, fragte wohl jemanden nach dem Weg – oder er organisierte meine Entführung. Ich bekam keine Panik, weil ich zu müde war. Mein eigenes Telefon loggte sich nicht in das mexikanische Netz ein, aber auch wenn es Verbindung gehabt hätte, hätte ich noch nicht um Hilfe gerufen. Dazu bin ich zu geizig. Ein Anruf kostete fast fünf Euro die Minute, einmal um den halben Erdball. Wirklich fünf Euro? Du hast meinen Übertreibungen nie geglaubt. Dich habe ich früher von überall angerufen. Bis du nicht mehr erreichbar warst, wenn du meine Nummer auf deinem Display sahst. Lange habe ich mir nichts dabei gedacht, mir eingeredet, du wärst zu müde, vor dem Fernseher eingeschlafen, in einer Besprechung, was man sich so ausdenkt als Entschuldigung. In Wahrheit hatte auch ich dir nicht mehr viel zu sagen. Oder ein anderer Mann lag in meinem Hotelbett in einer Stadt mit ungewöhnlicher Ortsvorwahl.

Es regnete mit unverminderter Kraft. Wenn ich das Fenster nur einen Spalt öffnete, schüttete es herein, als bewegten wir uns unter Wasser. Wir gerieten in einen Stau. Nach fast einer Stunde bei laufendem Motor ahnte ich, was kommen würde, und als der Fahrer versuchte, es mir zu erklären, nickte ich nur. *Entiendo.* Ein paar Brocken Spanisch konnte ich noch. Nach dreißig Jahren. Kein Benzin mehr. Er lachte. Ich lachte mit, denn wenigstens wurde ich nicht entführt, so ganz ohne Benzin. Er stieg aus, im Schneckentempo zogen die anderen Autos an uns vorbei, man rief uns Ermunterungen zu, statt uns, wie ich erwartet hätte, zu beschimpfen. Der Taxifahrer schob mich und sein Taxi an den Straßenrand. Meinen Versuch, auszusteigen und zu helfen, wehrte er entsetzt ab. Er holte einen gelben Plastikschlauch unter dem Sitz hervor. *Paciencia.* Sein schwarzes Haar glänzte wie Robbenpelz, Wasser rann ihm über das Gesicht, als würde er weinen. Ich fühlte mich mit einem Mal jämmerlich. Ausgeliefert und allein. Geduld. Ich hatte keine. Nie gehabt. Würde ich auch nicht mehr haben. Zu alt. So alt. In ein paar Stunden noch älter. Jetlag-Depression, sagte ich mir. Hab Geduld mit jedem Tag deines Lebens, sagtest du. Der Regen, der Verkehr, das Blut rauschten in meinen Ohren. Ich vermisste dich wie am ersten Tag unserer Trennung. Der Taxifahrer winkte energisch mit seinem Plastikschlauch, und als endlich ein anderes Auto neben uns hielt, senkte er den Schlauch in dessen Tank, saugte Benzin an, spuckte einen Schluck aus und hielt das andere Ende in unseren Tank. Mir erschien diese Methode zweifelhaft, aber tatsächlich sprang unser Wagen danach wieder an. Tropfnass stieg er ein, klatschte in die Hände, fragte mich nach der Adresse und hatte wieder keine Ahnung, wo das sein sollte.

Es war fast Mitternacht, als wir ankamen. Die Calle París war dunkel, die Nummer 37 nur eine massive Eichentür. Auf die Türklingel antwortete niemand, auf mein erst zaghaftes, dann stärkeres Klopfen und Rufen auch nicht. Der Taxifahrer stand neben seinem Auto und rauchte. Als die Zigarette zu Ende war, zuckte er bedauernd die Achseln, lud meinen Koffer aus und drückte mir unerwartet die Hand. Ich sah den roten Bremslichtern nach und fragte mich, wie lange ich noch leben und woran ich sterben würde. Zwölf Minuten später hatte ich Geburtstag und war nicht nur ein Jahr älter, sondern in einem anderen Lebensjahrzehnt gelandet wie in einem anderen Zimmer. Dort warst bereits du, aber du hattest eine Tür gefunden und warst wieder hinausgeschlüpft, ehe ich eintreten konnte. Du warst ja jetzt ein junger Vater. Zum Kotzen.

Ich packte meinen Laptop aus, klappte ihn auf in der Hoffnung, eine WLAN-Verbindung zu finden. Mit dem Computer in der Hand wanderte ich umher, verließ meinen Koffer, machte alles falsch. Die

Dunkelheit war samtig, die Straßen dampften nach dem Regen. Baumwurzeln hatten den Asphalt auf dem Gehweg durchbrochen, um ein Haar wäre ich gestürzt. Ich sah mich mit gebrochenem Rückgrat auf der Calle París liegen wie ein Käfer, gleich um die Ecke vom Haus, in dem Frida Kahlo in ihrem Korsett im Bett gelegen hatte. Ich bekam Verbindung. *Herr Kiepert! Retten Sie mich! Stehe vorm Haus, niemand macht auf! Was tun?* Ein gebückter alter Mann mit weißem Pudel bog um die Ecke. Der Pudel schnüffelte an meinem Bein. Das Licht meines Computers beleuchtete uns wie Auserwählte in der Nacht. *Buenas noches,* grüßte der Mann. *Buenas noches,* erwiderte ich. Bitte gratulieren Sie mir zum Geburtstag, bitte – Sie werden der Einzige sein. Er schuffelte weiter, zog seinen Hund hinter sich her wie ein Kind sein Spielzeug. Vielleicht brauchte ich einen Hund. Vielleicht ließ sich das Leben von jetzt an nur noch mit Hund ertragen. Ein Auto fuhr vorbei, verlangsamte auf meiner Höhe, der Fahrer ließ das Fenster hinunter, um mich genauer zu betrachten. Ich klappte den Computer zu, versteckte mich hinter einem Baum. Mein Koffer stand mitten auf dem Gehweg. Ich lehnte mich an den Baum. Er roch nach Wald. Schlaf nicht ein, hörte ich dich sagen, jetzt schlaf bloß nicht ein.

Ich gehe auf unser Haus zu, wie ich es all die

Jahre getan habe, vorbei an der beschissenen Buchsbaumhecke der Nachbarn, die ich mit Essig zu vergiften versucht habe, aber nichts zu machen. Sie ist robust, diese Buchsbaumhecke. Einen Fuß setze ich sorgfältig vor den anderen, ich werde in unser altes Haus hineingehen und wieder heraus, es wird mich nicht umbringen. Du hast die Haustür bereits geöffnet, vielleicht hast du mich kommen sehen, vielleicht wolltest du mir ersparen, an meinem eigenen Haus klingeln zu müssen. Es ist doch nicht mehr mein Haus, es ist deins. Ich habe sofort angeboten, auszuziehen, wollte nicht weiter mit den Erinnerungen an uns dort leben wie mit verstaubten Puppen. Du fasst mich leicht am Arm, lässt aber gleich wieder los. Wir berühren uns nicht mehr. Die Wände sind jetzt rot gestrichen, das hat sie bestimmt aus einer Frauenzeitschrift, die Bücherregale entfernt. So eine ist sie, sie liest keine Bücher. Alle unsere Bücher hast du mir ohne Streit überlassen. Wer will schon alte Bücher besitzen? Oder überhaupt Bücher? Mit mir hast du so getan, als läsest du gern. Jetzt fehlen dir Bücher anscheinend so wenig wie ich. Ich werde ängstlich wie ein Kind, das in den Keller hinunter soll. Du gehst voran, öffnest die Wohnzimmertür, sie knarzt vertraut und leise wie zu meiner Begrüßung. Dort sitzt sie auf einer neuen Couch, erhebt sich, kommt auf mich zu. In ihren

Armen dieses Baby, das dir tatsächlich ähnlich sieht. Es stimmt also, denke ich, es ist deins. Sie streckt die Hand aus, ich ergreife sie übertrieben kräftig, schüttle sie, ich bin hier die Coole, die, die alles kann. Der Neuen mit dem Baby meines Ex die Hand schütteln, zum Beispiel. Ich freu mich, sage ich auch noch. Wir uns auch, sagst du. Wir uns auch, lass uns Freunde sein, so ein Unsinn. Ich will nicht mehr deine Freundin sein, ich will dich nicht mehr mögen, geschweige denn lieben. Der Flieder-busch vorm Fenster blüht jetzt für sie. Du hattest ihn für mich gepflanzt, weil mich der Geruch von Flieder willenlos macht. Der Flieder blüht dieses Jahr wilder und voller, wie mir scheint. Sie gibt mir Apfelkuchen. Du legst mir dein glotzendes Baby in den Schoß. Ich möchte aufspringen, es abschütteln wie eine Klette im Rock, aber vorsichtig halte ich sein Glatzköpfchen in der hohlen Hand und mache ah und oh, wie man das so macht. Ihr betrachtet mich gütig. Erinnerst du dich an das Baby auf dem Fensterbrett im dritten Stock?, frage ich dich. Ja, sagst du, natürlich. Was ist damit, fragt sie, ein Baby auf dem Fensterbrett? Du siehst mich nicht an. Eine ihrer Geschichten, sagst du. Es war keine Geschich-te, widerspreche ich. Du lachst. Es war keine Ge-schichte, wiederhole ich. Sie steckt die Gabel in den Sahneberg auf ihrem Teller und lacht mit dir. Euer

Kind sieht mir in die Augen. Ich sitze in deinem neuen Leben wie im Aquarell eines Hobbymalers. Wir sehen alle so hübsch pastellig und zivilisiert aus. Es war meine Idee, euch zu besuchen, als wollte ich mir Holzsplinte unter die Nägel treiben. So ganz funktioniert es nicht, denn ich beneide euch nicht. Nein, ich beneide euch nicht. Ich gebe euch euer Baby zurück wie ein Geschenk, das man nicht annehmen möchte. Und dann lächle ich noch genau vierzig Minuten weiter und trinke Kaffee und esse ihren bekloppten gedeckten Apfelkuchen und lasse es zu, dass du mir zu viel Milch in die Tasse schüttest, wie du es immer getan hast.

Jemand rüttelte an meiner Schulter. Ein dünner Mann mit grauem Trotzki-Spitzbart beugte sich über mich, er trug beige Hosen und ein schlechtsitzendes Sakko. Frau Hofmann, sagte er vorwurfsvoll, warum antworten Sie denn nicht auf meine Mail?

Man hatte mir das schlechteste Zimmer übriggelassen, natürlich. Die beiden anderen deutschen Schriftsteller, Torben Sielmann und Julia Banks, waren bereits letzte Woche angekommen. Torben Sielmann war zu Hause, hatte mich aber nicht gehört, weil er seine Kopfhörer trug. Er hatte ein Zimmer mit Dachterrasse, winkte kurz von oben, die Kopfhörer nahm er nicht ab.

Er hat seine Freundin mitgebracht, sagte Kiepert, dabei steht klar und deutlich im Einladungsschreiben, dass das nicht erlaubt ist.

Und wo ist die Freundin? Warum hat sie mir nicht aufgemacht? Man hätte mich da draußen umlegen können, und keiner hätte es bemerkt.

Kiepert wiegte bekümmert das Haupt. Und da setzen Sie sich auf offener Straße unter einen Baum und schlafen ein!

Ich habe nicht geschlafen, protestierte ich.

Eine kleine, quadratische Mexikanerin tauchte aus dem Dunkel auf, Teo, die Haushälterin. Aufgeregt entschuldigte sie sich bei Herrn Kiepert, sie habe bereits geschlafen und nicht mehr mit meiner Ankunft gerechnet. Schnell hievte sie meinen schweren Koffer auf die Schultern und eilte voran. Ich würde in der Garage wohnen. Die Wellblechgaragentür hatte man notdürftig mit einem roten Stoffvorhang verkleidet. Jedes Geräusch der Straße drang ungefiltert an mein Ohr. Teo und Kiepert betrachteten mich stumm, während ich mich umsah. Es gab eine kleine, blaugekachelte Küche, einen Holztisch, zwei Stühle, natürlich ein Bett. Ein winziges Fenster zum Hof. Ein Auto fuhr vorbei, es klang, als führe es mitten durchs Zimmer. Tja, sagte Kiepert, nun sind Sie erst mal da. Ich nickte. Das ist ja schon mal gut, erklärte er fröhlich, jetzt sind alle meine Schäfchen beieinander. Er sah nun auch aus wie ein Schäfer. Mäh, sagte ich.

Die erste Nacht geht noch, erklärte er, aber die zweite wird ganz schlimm. Normalerweise ist es mit dem Jetlag ja besser, wenn man hierher fliegt, und schlimmer nach Deutschland, aber bei mir ist es genau andersherum.

Gute Nacht, sagte ich, und da ging er dann endlich. Er ließ Teo nicht den Vortritt, das merkte ich mir.

Das Bett war hart, die Nacht kalt, die Decke dünn. Um vier Uhr früh meinte ich zu Hause zu sein, in unserem Schlafzimmer, das Bett stand in derselben Richtung, mein Gehirn bestand darauf, dass ich dort war und nicht hier. Wie ein Schiffbrüchiger im offenen Meer ruderte ich in meiner Erinnerung, und als ich schließlich wieder wusste, wo ich war, war ich enttäuscht. Alle Kleidungsstücke, die ich mitgebracht hatte, zog ich übereinander und fror immer noch. Das Gefühl von Verlust ähnelte einer Grippe, stellte ich fest. Ich suchte nach Glückwünschen auf Facebook, aber in der Garage bekam ich keine Verbindung. Eingepackt wie eine Polarforscherin hockte ich auf dem Bett, bis es hell wurde.

Ein Straßenverkäufer schrie genau vor meiner Garagentür etwas, was ich nicht verstand, ganz gleich, wie oft er es wiederholte. Im allerersten Sonnenstrahl setzte ich mich in den Hof, die Wände des Hauses waren stierblutrot gestrichen, eine knalllila Bougainvillea wucherte über die Wand bis nach oben, zum Apartment von Torben Sielmann gleich über mir. Daneben wohnte Julia Banks. Bei beiden waren noch die Rollos heruntergezogen. Teo schaute aus ihrem Kämmerchen neben der Küche. Hinter ihr stand ein Mann. Schnell schloss sie die Tür, als hätte ich etwas Verbotenes gesehen.

Übernächtigt und wacklig ging ich am tiefseeblauen Haus von Frida Kahlo vorbei, das Blau überwältigend vor dem klaren Himmel. Ein Blick nach oben war gefährlich, ich musste achtgeben, nicht über die Baumwurzeln zu stolpern, aber mit jedem Schritt erinnerte ich mich. An das Licht, die Farben, den Geruch von Guavas, von gebratenem Schweinefleisch und Maistortillas. Ich erinnerte mich an mich selbst als junge Frau, an meine Verwirrung, an meine Vorstellung von Zukunft: ein Schiff, bereit in See zu stechen, auf das ich nur steigen musste, um etwas Großartigem entgegenzusegeln, doch ich konnte mich nicht entschließen, eine Fahrkarte zu lösen.

Vor Fridas Haus standen bereits die Touristinnen an, kaum ein Mann unter ihnen, allesamt ältliche Damen mit vernünftigen Schuhen, den Reiseführer fest in der Hand und den Brustbeutel sichtbar unter ihren hässlichen T-Shirts. Die plötzliche Erkenntnis, dass ich mich nicht mehr wesentlich von ihnen unterschied. Im Rückblick hatte es nie ein Schiff gegeben.

Auf dem Markt von Coyoacán wanderte ich an Ständen mit *piñatas* vorbei, großen Pappmachéfiguren, die man für die Kinder mit Süßigkeiten füllte und die man sie dann zerschlagen ließ. Superman, Micky Maus und Lady Gaga baumelten nebeneinander von der Decke, verstaubte Skelette vom Tag der Toten warteten auf ihren nächsten Einsatz in ein paar Monaten, Obstsäfte jeder Farbe wurden feilgeboten, es wurde dampfend und zischend gebraten und frittiert, gleich neben einem Stand mit Kurzwaren und Wollpullovern, etwas weiter Berge von Avocados, die hier nicht Avocado heißen, sondern *aguacate*, Jicamas und Ananas, Aquariumsbedarf und Katzenfutter. Ah, Mexiko! Zum ersten Mal seit meiner Ankunft lächelte ich. Kurz darauf wurde ich um ein Haar von der gleichen Straßenbahn überfahren, unter die auch schon Frida Kahlo geraten war.

Zurück im Haus wurde ich schon erwartet, vor fünf Minuten hätte der Spanischunterricht beginnen sollen, der für alle kostenlose Beigabe und gleichzeitig Verpflichtung war. Teo winkte mich eilig ins Wohnzimmer, und da saßen sie alle und hoben die Köpfe. Ich wusste ja bereits, wer meine Kollegen sein würden, ich gab mir Mühe, sie zu mögen, doch, das schon. Nicht immer gleich urteilen. Freundlich gleichgültig blickten sie mich an, die Tante, die mal einen Bestseller geschrieben hatte, doch war das nicht schon ewig her? Torben Sielmann, Dramatiker, um die vierzig, aber im ewig jungen Hipsterlook mit Vollbart und Nerdbrille, Mütze auf dem Kopf. Seine Freundin Isa, Ende zwanzig und hübsch wie ein knackiger, nicht ganz perfekter Bioapfel. Und das ehemalige Fräuleinwunder der Literaturszene, Julia Banks, die ihren Nachnamen jetzt Banx schrieb, mit knallrot geschminkten Lippen, zu dünn und entschlossen melancholisch. Die drei wirkten nach knapp zwei Tagen wie Alteingesessene, als wäre es ihr Haus, in das sie mich gütigerweise doch noch aufgenommen hatten. Unsere Spanischlehrerin Lupita erschien, eine energische junge Frau mit einem einnehmenden Lachen, das von den drei Deutschen niemand erwiderte, also lachte ich umso lauter. Sie gab mir Seiten aus einem Lehrbuch, die sie mit den anderen durchgenommen hatte, und forderte mich auf, den verpassten Stoff möglichst schnell nachzuholen. Ich nickte eifrig, die anderen schauten regungslos, und schon hatten wir uns in eine Klasse verwandelt, in der jeder bereitwillig seine Rolle einnahm. Ich war der Bluffer, meine Aussprache machte Eindruck, obwohl ich kaum ein Verb fehlerfrei konjugieren konnte. Ich bemühte mich, besser zu sein als die anderen, um nicht als demente alte Schachtel zu gelten, der man die begehrte Einladung hinterhergeworfen hatte. War sie überhaupt wirklich Schriftstellerin, oder schrieb sie nur über das Schreiben? Kühl musterte mich Torben durch seine Brille, und als ich seinen Blick erwiderte, hackte er auf seinem MacBook herum, als hätte er gerade einen brillanten, unaufschiebbaren Einfall. Ein Schriftsteller schreibt immer.

Lupita forderte uns auf, doch bitte zu erzählen, was wir hier in Mexiko so vorhätten.

Auf Spanisch?, fragte Julia erschrocken.

Ich dürfte gar nicht hier sein, sagte Isa schüchtern, es ist ja eigentlich verboten.

Ich brauche sie zum Sockenwaschen, sagte Torben, und nur Isa lachte. Er muss ein Stück fertigschreiben, setzte sie noch hinzu, fürs Deutsche Theater.

Ah ja, sagte ich und wechselte einen Blick mit Julia. Sie war nicht mehr so hübsch wie auf ihrem Autorenfoto. Vielleicht dachte sie dasselbe über mich. Jeden Versuch des Verlags, mein Jugendfoto gegen ein aktuelles auszutauschen, hatte ich erfolgreich verhindert.

Ich werde hier nur faul sein und mich inspirieren lassen, sagte Julia. Und Sie, was haben Sie vor?

Ich wurde also gesiezt, während sich die anderen duzten. Torben sah von seinem Computer auf. Ich … ich werde viel essen, stammelte ich.

Lupita lachte dankbar, wie mir schien. Ich werde auch einen Kochkurs anbieten, sagte sie, wir könnten zusammen *mole con pollo* kochen.

Ich bin Veganer, sagte Torben.

Wir sind Veganer, wiederholte Isa.

Ich bin Vegetarierin, sagte Julia.

Lupita schaute bestürzt.

Yo como todo. Ich esse alles, sagte ich mit Nachdruck.

Teo kam mit einem Kuchen und einer Wunderkerze herein und wusste nicht, wer Geburtstag hatte. Ich meldete mich und schwenkte die Wunderkerze, bis sie endlich stinkend verzischte. *Gracias, muchas gracias.* Niemand fragte, wie alt ich geworden war, weil man das bei älteren Frauen nicht tut.

Mein Handy weigerte sich immer noch, das mexikanische Netz zu akzeptieren, was wahrscheinlich nur rücksichtsvoll war, denn so konnte ich gar keine Geburtstags-SMS von dir empfangen, die du ja sowieso nicht geschickt hattest. Der erste Geburtstag ohne dich. Wann begann das Ende? Als die Verachtung begann. Wer verachtete wen zuerst? Ich hätte es damals nicht Verachtung genannt, eher Missbilligung. Millisekunden der Ablehnung. Irgendwann hast du dich mir nicht mehr zugewandt. Das Drehen des ganzen Körpers in meine Richtung gab es nicht mehr. Nur der Kopf, wenn ich Glück hatte. Aber dein Körper wollte nichts mehr von mir wissen. Obwohl wir weiterhin miteinander ins Bett gingen, das schon.

Jetzt, wo du für mich gar keinen Körper mehr hattest, weil ich dich nicht mehr sah, wurdest du mit einem Mal wieder der, der du einmal warst. Mein Gefährte. Mein *compañero*. Ich konnte wieder mit dir sprechen wie zu den besten Zeiten. Isa ist hübsch, findest du nicht? Bisschen zu vegan empfindsam. Bombenkörper. Julia der Typ verdorrte Rose, zu dürr, zu exaltiert, doch sie schreibt gut. Hab alles von ihr gelesen, aber das sage ich ihr nur, wenn sie sehr nett ist. Torben ein Angeber-Arschloch. Finde ich auch.

Torben hielt mich kurz vor meiner Tür auf. Über uns schrubbte Teo die Terrasse, und ihm war der Weg zu seinem Apartment abgeschnitten. Er stellte sich zu dicht neben mich. Wie sind Sie eigentlich so erfolgreich geworden?

Ich zögerte, er hatte ganz hübsche grüne Augen

hinter seiner doofen Brille. Och, sagte ich, so erfolgreich bin ich ja nun auch wieder nicht.

Über eine Million verkaufte Exemplare. Ich hab's gegoogelt.

In mehr als fünfzehn Jahren.

Eine Million bleibt eine Million.

Ich hab nix gemacht, murmelte ich. Es war Zufall.

Ja, das bestimmt auch. Aber es muss doch einen Plan gegeben haben.

Nein.

Glaub ich nicht. Am Ende ist jeder große Erfolg auch Kalkül.

Nein, bei mir nicht.

Allein der Titel *Sei ein Held! Schreib!* ist doch Kalkül.

Ich schwieg. Er sah mich weiterhin an. Du bist doch auch erfolgreich, sagte ich schließlich.

Nur im Feuilleton.

Aber dort immerhin, sagte ich und lächelte, um das angehängte »immerhin« zu verzuckern. Ich bin Mainstream, ist doch Scheiße.

Aber bringt Geld.

Du wärst gern Mainstream?

Ich würde gern mehr verdienen.

Ach so. Wir schwiegen.

Haben Sie einen Agenten?

Du kannst mich duzen.

Das fällt mir schwer.

Ich wusste nicht, ob das eine Beleidigung sein sollte. Er wiederholte seine Frage.

Nein, ich habe keinen Agenten und hatte nie einen.

Einfach so Ihr Buch geschrieben und rumgeschickt?

Es war nicht mein erstes.

Die anderen kenne ich nicht.

Kennt kaum jemand, sagte ich leichthin. Er fragte nicht weiter nach. Das war ich gewohnt. Jedes Mal, immer noch, ein Stich. Es waren nur zwei Bücher, ein Band mit Kurzgeschichten, eine Novelle. Verkaufte Exemplare insgesamt: 1843. Davon bestimmt 500 an dich. Eine gute Kritik in der *Frankfurter Rundschau,* die nach wie vor vergilbt über meinem Schreibtisch hing. *Alice Hofmann am Puls ihrer Generation.* Meine Generation waren jetzt Frauen um die fünfzig. Wie langweilig, wenn alle nur Bücher lasen, in denen die Protagonisten genauso alt waren wie sie selbst.

Mit dreißig hätte ich Torben vielleicht attraktiv gefunden, aber ich wäre so klug gewesen, mich nicht in seiner Nähe aufzuhalten, weil ich die Konkurrenz nicht ertragen hätte. Wir schwiegen jetzt bereits so lange, dass klar war, dass ich ihn nicht nach seiner Arbeit fragen würde. Er nahm seine Häkelmütze ab und rieb sich den rasierten Schädel. Befriedigt stellte ich fest, dass er ohne Rasur bereits eine heftige Stirnglatze hatte.

Warum willst du so gern erfolgreich sein?, fragte ich.

Wer nicht?

Aber warum?

Ich glaube, ich würde es vorziehen, wenn Sie mich auch siezen, sagte er.

Sehr gern, sagte ich. Wer unbedingt erfolgreich sein will, ist es selten.

Das ist *bullshit,* und das wissen Sie.

Teo rief vom Dach: *Listo!* Torben verabschiedete sich nicht, ging einfach. *Fuck you, too,* murmelte ich ihm hinterher. Schlug unnötig laut die Tür meiner Garage hinter mir zu. Natürlich hatte es einen Plan zu meinem Buch über das Schreiben gegeben. Es war dein Plan gewesen, um mich aus meiner Depression zu locken. Die niedrigen Verkaufszahlen hatten mich bekümmert, aber durch und durch entmutigt hatten mich zwei schlechte Kritiken in zwei großen Tageszeitungen. In der einen stand, was ich schreibe, sei banal, in der anderen, oberflächlich. Keiner der beiden Kritiker hatte begriffen, dass ich versucht hatte, wahrhaftig und präzise Alltag zu beschreiben. Und obwohl ich verstand, dass sie sich nicht die Mühe gemacht hatten herauszufinden, was ich gewollt hatte, um mich an meinem Ziel zu messen, war ich bis ins Mark getroffen. Ich schämte mich. Du konntest das nicht verstehen. Warum gab ich so viel auf das Urteil von zwei Kritikern? Warum ließ ich zu, dass sie Macht über mich hatten? Warum bekümmerte es mich so sehr, dass ich mich nicht mehr traute?

Ich fand meine Schreibstimme nicht wieder, wie ein Sänger nach einer Stimmbandentzündung. Es gibt diese Stimme beim Schreiben, einen ganz bestimmten Ton, den man nicht bewusst anstimmen kann. Wenn man ihn nicht mehr findet, nennt man es Schreibblockade. *Writer's block*. Über das Schreiben zu schreiben, ist nicht dasselbe wie schreiben. Du hattest recht, dein Plan ging auf. Tatsächlich fiel es mir leicht, über das Schreiben zu schreiben, wie eine Gebrauchsanleitung, ein Waschzettel. Die Meisterin hatte mir vor längerer Zeit empfohlen, Joseph Campbells *The Hero with a Thousand Faces* zu lesen, George Lucas habe die Drehbücher zu seiner *Star-Wars*-Saga streng nach Campbells Prinzip der Heldenreise konzipiert. Ich wandte die Heldenreise, von der in Deutschland noch kaum jemand gehört hatte, auf die Reise des Autors an, auf meine eigene Unfähigkeit, den Stift zu ergreifen, mich nicht zu fürchten, auszuziehen und den Drachen des Scheiterns zu erlegen. In nur drei Monaten war das Buch fertig. Du dachtest, ich sei genesen. Dabei hatte ich nun erst recht das Fürchten gelernt.

Ich bekam einen Anruf von meinem Verleger, da stand ich auf Skiern ganz oben auf einem Berg in der Schweiz. Die erste Auflage ist weg, rief er aufgeregt, wir drucken nach! O.k., sagte ich cool. O.k.?, rief er aus der grauen deutschen Stadt bis hinauf auf den weißen Berg. Das ist alles, was Sie sagen? Ich lachte, legte auf, fuhr die Piste hinunter. Schneller, beschwingter, eleganter als jemals zuvor oder danach. Schneekristalle wirbelten mir ins Gesicht, der Himmel über mir war besonders blau, ich fühlte mich beschenkt und beglückt. Das war der schönste Moment. Er verschwand so schnell wie ein Goldring im Teich.

Dir habe ich es erst am Abend gesagt, du hast sofort Champagner gekauft, und ich habe dir zuliebe gestrahlt, aber da wusste ich schon, dass ich in eine Falle getappt war, weil ich das Scheitern nicht tapfer ertragen hatte. Eine Falle, in der ich seitdem sitze und aus der ich mich nicht mehr befreien kann. Ich habe einen Bestseller über das Schreiben geschrieben, und seitdem nichts geschrieben.

Wie ein Reh hüpfte Herr Kiepert die steilen Stufen der Mondpyramide hinauf. Keuchend folgte ich ihm, alle anderen waren unten geblieben. Es war ihnen zu heiß, zu anstrengend, sie waren vernünftig. Ich dagegen hatte nicht alt und gebrechlich erscheinen wollen. Meine hübschen Riemchensandalen waren völlig ungeeignet für die Kletterei, die Stufen erstaunlich hoch, man fühlte sich wie ein Kind auf einer endlosen Treppe. Schon in der Hälfte verlor ich die Kraft, aber ließ mir nichts anmerken. Kiepert rann der Schweiß übers Gesicht, er zog ein altmodisches Stofftaschentuch hervor, reichte es zuerst mir. Wie nett. Ich sah bestimmt bezaubernd aus, die Haare klebten mir wie Sauerkraut am Schädel, mein Mascara war verlaufen, ich drückte schwarze Flecke in sein blütenweißes Taschentuch. Oben angekommen, dozierte er schwer atmend, 200 000 Einwohner habe Teotihuacán einst gehabt, die größte Stadt auf dem Kontinent damals und eine der größten der Welt. Der Name bedeute: wo man zu einem Gott wird.

Denn man tau, sagte ich auf Plattdüütsch, denn Kiepert kam aus Hamburg, das hörte man ihm deutlich an. Ein unsicheres Lächeln flackerte über sein Gesicht. Fast rührend altmodisch sah er aus in den hellen Stoffhosen, den Wandersandalen, dem karierten Hemd, mit seinem nach hinten gekämmten, zu langen, schütteren Haar und dem kleinen Goldring im Ohr. Er sprach von Tlaloc, dem Regengott, und Quetzalcoatl, der gefiederten Schlange, begeistert deutete er auf die autobahnähnliche Straße der Toten, die Sonnen- und Mondpyramide verband und auf der Torben, Isa und Julia im Sand scharrten und ungeduldig nach oben blickten. Welche Leistung!, rief er. Welche unglaubliche Leistung!

Ich gab ihm sein Taschentuch zurück. Meinen Sie, dass die Brutalität des Drogenkriegs etwas mit der Brutalität der aztekischen Ahnen zu tun hat? Er legte den Kopf schief wie ein Flamingo, während ich fortfuhr: Haben nicht auch die schon ihren Opfern die Haut abgezogen und ihnen bei lebendigem Leib die Herzen herausgeschnitten? Und die abgeschlagenen Köpfe sorgfältig auf einem Gestell aufgereiht wie auf einem Bücherregal?

Tsompantli, Sie meinen die Tsompantli. Aber die Schädel wurden nicht zur Schau gestellt, sondern nur aufbewahrt, damit die Geister der Toten zurückkehren konnten.

Reizend. Mir erst den Schädel abhauen und dann dafür sorgen, dass ich als Geist vorbeischauen kann.

Das ist ein typisch eurozentristisches Klischee über Mexiko. Der Mensch verfügt überall auf der Welt über das exakt gleiche Arsenal an Grausamkeiten zur Überwachung und Strafe.

Überwachen und Strafen, rief ich erfreut. *Bonjour, Monsieur Foucault!* Kiepert schaute verwirrt. Na, half ich ihm auf die Sprünge, das berühmte Buch von Foucault, *Überwachen und Strafen*?

Ach so, sagte er schwach. Das ist ja schon ziemlich lange her.

Ja, sagte ich, aber trotzdem.

Er nickte freundlich. Genießen Sie den Blick!

Es ist ziemlich schwer, etwas zu genießen, wenn man dazu aufgefordert wird. Kiepert wollte bereits wieder absteigen. Ich wäre gern noch ein wenig allein oben geblieben und hätte den halbnackten, purpurrot verbrannten Touristen zugeschaut, wie sie die Pyramide heraufkrochen, doch Kiepert sprang bereits wieder hurtig die Stufen hinunter, und so fühlte ich mich genötigt, es ihm gleichzutun. Ich hüpfte drei Stufen, dann stürzte ich schon. Schrie schrill auf. Kiepert drehte sich nach mir um, für den Bruchteil einer Sekunde sah ich in seinem Gesicht größten Unwillen, den er aber sofort in Mitgefühl und Besorgnis umwandelte.

Sie Arme, Sie Arme, rief er unnötig laut und versuchte mich hochzuziehen, wobei er auf den schmalen Stufen selbst gefährlich ins Wanken geriet. Ich sah mich bereits mit ihm wie eine Kanonenkugel die gesamte Pyramide hinabschießen und wehrte seine Hilfsversuche ab. Die heraufkeuchenden Touristen warfen uns abschätzige Blicke zu. Die Frau hat schlappgemacht. Hat ja auch völlig falsche Schuhe an, läppische Sandalen. Schwachsinn. Nicht auf ihren Mann gehört.

Schließlich wurde Torben gerufen, zu zweit schleppten sie mich die Pyramide hinunter, dann trug mich Torben zu unserem vw-Bus. Ich roch seine Häkelmütze und zarten Männerschweiß. Veganer Schweiß, dachte ich, bestimmt veränderte seine Ernährung seinen Geruch. Mein Gewicht war mir unangenehm. Ich ritt auf seinem Rücken wie ein überdimensionales Baby. Bin leider keine Elfe, sagte ich in sein Ohr. Er hob, mit mir auf dem Rücken, die Schultern. Legte mich ab wie einen Sack beim Müller. Julia rief immer wieder nach Eis, als müsse sofort ein Sanitäter mit Eisbeuteln herbeieilen. Isa nahm meinen Fuß und bettete ihn in ihren Schoß, streichelte mir auch noch beruhigend den Unterarm. Ihre Sonnenbrille, die sie den ganzen Tag über getragen hatte, nahm sie dabei kurz ab, und ich entdeckte ein lila unterlaufenes Auge. Schnell setzte sie die Brille wieder auf. Bitte verwende es nicht gegen ihn, flüsterte sie. Ich bin schuld, ich allein. Torben kann nichts dafür.

Sie brachten mich zurück nach Coyoacán, legten mich aufs Bett, als sei ich krank, und verließen, so schien es mir, erleichtert den Raum, um miteinander essen zu gehen. Kiepert steckte noch kurz den verschwitzten Kopf durch die Tür. Meinen Sie, Sie werden morgen wieder fit sein? Ich müsste sonst das Programm ändern. Und ich hatte den Raum ja auch schon vor Monaten gebucht, ich müsste ihn sonst wieder frei machen, bis 17 Uhr müsste ich Bescheid geben, da ist die tägliche Raumplankonferenz… Ich meine nur, falls…

Ich unterbrach sein Gestammel, winkte lässig. Machen Sie sich keine Sorgen, ich bin ein altes Zirkuspony. Natürlich werde ich kommen, natürlich drehe ich meine Runden und mache meine kleinen Kunststücke.

Er lächelte säuerlich. Wir verehren Sie alle, sagte er, es wäre auch zu schade, wenn wir Ihren Vortrag nicht hören könnten.

Kaum war er gegangen, überkam mich wie ein Fieber das Selbstmitleid. Ich winselte und jammerte vor mich hin, bis kurz vor elf Isa an meine Tür klopfte und mir ein paar lauwarme, mit Käse gefüllte Tortillas und ein Bier brachte. Ich suchte das blau angeschwollene Auge in ihrem Gesicht, aber sah es nicht im schwachen Licht der Lampen. Geschmeidig strich sie durch mein Zimmer, befühlte die gekachelte Küchenzeile, den Tisch, die Stühle, als suche sie etwas.

Funktioniert deine Mikrowelle?, fragte sie. Unsere nicht.

Ich hab meine noch nicht ausprobiert.

Sie ging zur Spüle, nahm ein Fläschchen aus dem Regal. Weißt du, wofür diese blauen Tropfen sind?

Ich schüttelte den Kopf, trank vom Bier.

Man desinfiziert damit den Salat ... aber ich glaub nicht dran. Ich esse lieber gar nichts Frisches, nichts Ungeschältes. *If you can't peel it, don't eat it,* so heißt es doch, oder?

Nützt alles nichts, sagte ich. Wenn sich Moctezuma an dir rächen will, hast du keine Chance.

Isa lachte. Wofür will sie sich noch mal rächen?

Das war keine Frau, sondern der König der Azteken. Er wurde von den Spaniern beschissen, von Cortés, den er eigentlich sehr nett empfangen hatte. Während ich noch sprach, hockte Isa sich zu meinen Füßen hin, holte eine Salbe aus ihrer Hosentasche und begann ungefragt, meinen geschwollenen Knöchel einzureiben. Ich war unsicher, wie ich darauf reagieren sollte, ich mochte es nicht, gleichzeitig rührte mich ihre Fürsorge.

Erzähl weiter, forderte sie mich auf.

So viel weiß ich nicht. Es gab noch Malinche, die für Cortés gedolmetscht hat, eine Affäre mit ihm hatte und dafür bis heute gehasst wird.

Ich glaube, mir gefällt Malinche, sagte Isa. Sie sah

von meinem Fuß zu mir auf und lächelte. Ich hätte gern die Schreibtischlampe auf sie gerichtet, um ihr Auge zu untersuchen. Auf jeden Fall war es deutlich blasser als am Nachmittag. Sogar einen Verband hatte sie mitgebracht, mit dem sie sorgfältig meinen Fuß umwickelte, während ich weiter Bier trank. Das kannst du gut, sagte ich.

Ich hab früher Rennpferden die Beine bandagiert, erwiderte sie.

Ein Pferdemädchen?

Nein, sagte sie bestimmt, ich war kein ›Pferdemädchen‹.

Sie stand auf, küsste mich unvermutet auf die Wange und ging zur Tür. Ich freu mich so auf morgen, sagte sie noch, und verschwand.

In der Nacht hörte ich über mir Gerumpel und einen Schrei. Dann war es wieder still. Mein Herz klopfte, als würde ich bedroht.

Im Rollstuhl fuhr man mich über das Universitätsgelände, was wirklich lächerlich war, aber Kiepert bestand darauf. Da er wohl viel Mühe aufgewandt hatte, um den Rollstuhl zu besorgen, gab ich nach. Er schien nervös und fummelte an seinem Krawattenknoten herum. Er war jetzt Professor Kiepert, nicht mehr der Wandervogel.

Müssen Sie heute Ihren Studenten beweisen, dass wir ihr Geld auch wert sind?, neckte ich ihn, doch er ging nicht darauf ein.

Ich brauche stilles Mineralwasser auf dem Podium. Auf keinen Fall Sprudel, sagte Julia und wiederholte das mehrmals.

Isa schob den Rollstuhl, so sei sie wenigstens zu etwas nütze. Ich widersprach nicht. Sie hatte wieder ihre Sonnenbrille auf. Torben ging weit voraus, trug Kopfhörer und tat so, als kenne er niemanden aus unserer Gruppe.

Eigentlich als letzte Vortragende eingeplant, sollte ich jetzt »aus Rücksicht auf meine Verletzung« als Erste sprechen, was mir gar nicht recht war, denn der Letzte sammelt die Lorbeeren ein, nie der Erste. Sehr junge Studenten sahen mich erwartungsvoll an. Lupita trat als meine Dolmetscherin auf, Kiepert stellte mich als berühmte Schriftstellerin vor, *famosa*. Oder hieß *famosa* wunderbar? Isa saß in der ersten Reihe, nahm ihre Sonnenbrille nicht ab, schrieb jedes meiner Worte mit. Als ich erklärte, warum ein Held seine Heimat verlassen muss und nicht zu Hause bleiben darf, weil er sonst kein Held werden kann, stand Torben auf und ging. Entschuldigend nickte Isa mir zu, aber ich konnte es ihm nicht übelnehmen, denn ich selbst verabscheute inzwischen das Modell der Heldenreise,

das ich in Workshops überall auf der Welt wieder-
käute. Dieser blöde Heldenmythos, den inzwischen
jeder Fernsehredakteur draufhatte, diese simplifi-
zierte Art, Geschichten zu erzählen, die immer von
einem Kampf ausging, den es zu gewinnen galt,
diese uramerikanische, christliche Erlösungsphan-
tasie, in der es für großes Bemühen auch immer eine
Belohnung gab. Mein Erfolg war untrennbar mit
dem Heldenmythos verbunden, denn als ich mein
Buch schrieb, war der Held in Deutschland durch
Faschismus und Krieg in Verruf geraten und als Er-
zählmodell unbekannt. Doch wir alle sehnen uns
nach Heldengeschichten, sagte ich den mexikanischen Studenten, weil sie uns in Aussicht stellen,
dass die Dinge gut ausgehen können, wo wir doch
eigentlich wissen, dass das Leben nur sehr selten
gelingt. Auf der anderen Seite sind alle unsere Un-
ternehmungen auch kleine Heldenreisen, alle Prü-
fungen, alle neuen Lebensabschnitte, alle Vorhaben – auch das Schreiben. Der Autor muss seine
Angst überwinden und sich aufmachen, um zu
schreiben. Nicht weinen. Schreiben! Er muss aus-
ziehen aus seiner bequemen, normalen Welt, wo er
ein angenehmes, schläfriges Leben als Konsument
führen könnte, er muss sich großen Qualen und
Gefahren aussetzen, muss der Versuchung widerste-
hen, den Kühlschrank leer zu fressen, zu surfen, zu

putzen, zu telefonieren oder davonzulaufen, statt zu schreiben. Er muss Misserfolg und Häme riskieren, Armut auf sich nehmen, Selbstzweifel und Selbsthass. Nicht heulen. Schreiben. Der Kampf muss jeden Tag aufs Neue geführt werden, bis dann am Ende das Gedicht, der Roman, der Song, das Drehbuch fertig ist, und er vielleicht, vielleicht sogar Erfolg damit hat. Und selbst wenn er großen Erfolg hat, berühmt wird, einen Bestseller, Blockbuster, Hit geschrieben hat, fängt der Kampf mit der nächsten Seite, die er schreibt, wieder von vorn an. Nicht heulen, schreiben. Schreiben ist nichts für Schisser, sondern für Helden.

Isa fing an zu klatschen, die Studenten fielen begeistert ein, selbst Julia applaudierte. Kiepert sah befriedigt in die Runde und nickte mir zu. Ich war den Erfolg meiner Vorträge und Workshops gewohnt. Ich konnte jedem einreden, er könne schreiben, wenn er nur wirklich wolle. Außer mir selbst.

Vor zwei Jahren hatte mein Verlag eine Minitaschenausgabe vom ersten und vom Folgeband *Sei ein Held. Schreib's um!* drucken lassen, die sich jeder Möchtegernautor fortan in die Hosentasche stecken konnte und die man als Geschenk all denen mitbringen konnte, die irgendwann gemurmelt hatten, sie wollten so gern schreiben – also Legionen. Ich verdiente viel Geld. Und jeder nahm natürlich an, ich schriebe von morgens bis abends. Wer behauptet, er könne reiten, fällt vom Pferd. Ich brachte Autoren mit Schreibblockade bei, wie man sie überwindet, ich hatte mir eine Schatzkiste mit Tricks zugelegt, die immer funktionierten, die sogar aus ungeübten Schreibern annehmbare Texte hervorzauberten wie aus einer fetten, hässlichen Opernsängerin einen zarten Popsong. Die Grundregel dafür besagte, nicht nachzudenken, nicht zu kontrollieren, nicht zu korrigieren, sondern zehn Minuten am Stück einfach zu schreiben, so wie man joggt – statt einen Schritt vor den anderen zu setzen, ein Wort an das andere zu reihen, den Schreibmuskel zu trainieren statt die Wadenmuskeln, einfach die Hand über das Papier zu bewegen und möglichst nicht zu denken. An dieser Stelle glotzten mich die Schreibwilligen meist an wie die Fische, denn das Gehirn auszuschalten erschien ihnen völlig absurd. Bedeutete Schreiben nicht in erster Linie denken? Nicht denken, sondern den Gedanken zuschauen, berichtigte ich sie. Den Gedanken außerhalb des kontrollierten Denkens. Dem Dschungel außerhalb des Gartens. In den tiefen Dschungel vordringen, wo nie gesehene Pflanzen wuchern und unbekannte Tiere umherstreifen. Ein Student rief: Aber wenn die Tiere gefährlich sind? Ich verstand die Frage ohne Übersetzung: *peligroso*. Ja, das gehört dazu. Von den wilden Tieren angefallen und manchmal auch verschlungen und halbtot wieder ausgespuckt zu werden. Das Schreiben ist eine gefährliche Angelegenheit. Doch wer wirklich schreiben will, sucht genau dieses Abenteuer. Viele trinken sich dafür Mut an, manche erschießen sich, hängen sich auf, stürzen sich irgendwann aus dem Fenster, andere sind Zwangsneurotiker, leiden an Angststörungen und Depressionen. Die Studenten stöhnten. Aber wer sich einmal wirklich in den Dschungel gewagt hat, weiß, dass er von da an ein doppeltes Leben lebt. Eins in der Welt und eines im Dschungel. Ein Schriftsteller lebt zweimal.

Ich holte eine Eieruhr in der Form eines Huhns aus der Handtasche und stellte sie auf den Tisch. Und jetzt schreiben wir, sagte ich. *Vamos a escribir.* Zehn Minuten werdet ihr alle über die Insekten eurer Kindheit schreiben. Ohne nachzudenken, zu korrigieren, zu kontrollieren. Das Huhn bewegte sich leicht tickend im Kreis, brav beugten sich die Studenten über das Papier und bewegten den Stift. Isa schrieb wie ein Teufel. Julia sah mich misstrauisch an und zog ihre Lippen nach.

Das war sehr unterhaltsam, sagte Kiepert. Es klang wie ein Tadel. Zur Mittagspause hatte man ein Picknick am Krater auf dem Campus vorbereitet. Ich hielt es für den Namen eines Restaurants, aber es handelte sich tatsächlich um den Krater eines erloschenen Vulkans, in dessen Tiefe Kakteen wuchsen und an dessen Rand die Studenten hockten wie Krähen. Es wurden *tamales* ausgepackt und glibbrige grüne Streifen *nopales*, die Kiepert als exzellent vegan anpries. Torben stand ein wenig abseits, den Computer aufgeschlagen, er war nach der Pause mit seinem Vortrag dran. Isa zupfte an ihm herum, er sah zu mir, wandte sich dann brüsk von Isa ab und ließ sie stehen. Die Studenten machten mit ihren Handys Fotos von mir im Rollstuhl. Dachten wahrscheinlich, dass ich weit über siebzig sei. Aus ihrer Perspektive gab es ja auch kaum einen Unterschied zwischen fünfzig und siebzig. Ich konnte mich erinnern.

Isa kam zu mir. Tränen rannen unter ihrer Brille hervor. Hast du ein Taschentuch?, fragte sie mich.

Kiepert hat eins, sagte ich. Sie schüttelte den Kopf. Nimm die Brille ab. Sie zögerte. Nimm die Brille ab, wiederholte ich, aber sie tat es nicht. Wischte sich die Tränen mit dem Handrücken ab.

Du warst großartig, sagte sie. So motivierend. Ich danke dir.

Bitte, sagte ich trocken.

Ich hab über Ohrenkneifer geschrieben. Und Silberfischchen. Und Sandwürmer.

Schön, sagte ich.

Ich war als Kind mal hier in Mexiko am Strand. Weiß gar nicht mehr genau, wo.

Ich wollte ihre Geschichte nicht hören, aber ich saß im Rollstuhl und hätte nur mühsam aufstehen und flüchten können.

Sandwürmer haben sich in meine Fußsohlen gefressen, fuhr sie fort, und unter der Haut ihre Eier abgelegt. Zurück in Deutschland sind die Larven ausgeschlüpft und haben sich Wege durch meine Fußsohlen gefressen wie Holzwürmer. Ich habe Tag und Nacht geschrien vor Ekel und Schmerzen, aber man konnte nichts tun, nur abwarten, bis sie als ausgewachsene Würmer wieder herauskrochen. Meine Mutter hat sich so geekelt, dass sie sich übergeben hat. Sie hat mir aufs Bein gekotzt.

Eine hübsche Geschichte, sagte ich. Gefährliches Mexiko. Könntest du mich bitte an den Kraterrand schieben? Ich möchte mich hineinstürzen.

Sie lachte unsicher. So wie Torben?

Erst verhaut er dich, und dann will er sich umbringen?

Nein, er hat eine Schreibkrise.

Ach Gottchen, sagte ich kalt.

Er leidet, er leidet wirklich. Wie ein Schwein. Er hätte bleiben und sich anhören sollen, was du dazu zu sagen hast.

Dann hätte er auf mich geschossen. Ich musste lachen.

Ich möchte ihn so gern unterstützen, sagte sie leise. Aber ich weiß langsam nicht mehr, wie.

Schriftstellern sollte man aus dem Weg gehen. Sie sind Diebe und Vampire, allesamt. Am Ende schreibt er noch über deine Verzweiflung.

Isa sah mich misstrauisch an. War ich bissig oder nicht? Sie grinste schwach.

Torben sprach so leise, dass ich ihn fast nicht hören konnte. Er bemühte sich nicht, sein Publikum zu erreichen, geschweige denn zu unterhalten, als wollte er sich damit von mir, der Rampensau, absetzen. Monoton las er aus seinem monströsen Manuskript. Ohne Punkt, ohne Komma, ein ungefilterter, breiter Gedankenstrom. Keine Spannung, kein Höhepunkt, keine Heldenreise, lediglich aneinandergereihte Zeugnisse seiner öden, hippen Existenz. Offensichtlich hielt er jede Ereignislosigkeit seines Lebens für ein Ereignis. Die Studenten wirkten erst verwirrt, dann gelangweilt, was ihn nicht störte. Selbst Isa malte Kringel in ihr Heft. Kiepert dagegen schien jedes Wort aufzusaugen wie Manna, er hatte den Kopf in den Nacken gelegt, verzückt die Augen geschlossen und nickte wie zu einem imaginierten Takt. Die nachgereichte Verachtung meines Vortrags knallte wie eine Ohrfeige. Vorsätzlich knisternd holte ich eine Tüte Studentenfutter aus meiner Handtasche. Kindisch, aber ich konnte es nicht lassen. Kiepert öffnete die Augen und sah mich strafend an, ich nickte ihm zu und lächelte, als verstünde ich nicht, knisterte weiter. Wie sehr ich Torben um seine Selbstverliebtheit beneidete, um seine Gewissheit, etwas Wichtiges geschaffen zu haben, das aus sich selbst heraus wirkte und ihn dazu gar nicht mehr brauchte. Als ich jung war, dachte ich, dass sich Neid, Eifersucht und Komplexe im Alter von selbst erledigen würden wie Kinderkrankheiten. Stattdessen litt ich immer stärker darunter. Und dann auch noch die Panik, bald nicht mehr dazuzugehören, einfach entsorgt zu werden wie ein altes Auto, das man hinterm Haus verrotten lässt.

Torben hob den Kopf, starrte mich an. Und? Langsam satt?, fragte er, und Lupita hatte nichts Besseres zu tun, als auch das Wort für Wort zu übersetzen. Die Studenten brachen in Gelächter aus. Ich wurde rot. Tatsächlich.

In dieser Nacht träumte ich von einem Tapir im Dschungel, der mit deiner Stimme sprach. Ich konnte dich schlecht verstehen, immer wieder bat ich den Tapir zu wiederholen, was du gesagt hattest, aber ich fand nicht heraus, was du meintest.

Das machte mich ganz unglücklich. Der Tapir gab mir ein smaragdgrünes Blatt, das mich tief tröstete. Im Unterholz des Baums, von dem das Blatt stammte, stand ein Billy-Bücherregal, in dem Totenköpfe lagen, was mir ganz und gar natürlich erschien. Nur widerwillig erwachte ich, weil jemand an mein Fenster pochte. Ich hievte mich aus dem Bett, mein Fuß schmerzte und ich öffnete im Dunkeln die Tür, wobei mir Kieperts Ratschlag in den Sinn kam, nie zu öffnen, ohne vorher zu fragen, wer da sei. Isa, in einem kurzen weißen Nachthemd, wischte herein wie eine Katze. Sie schluchzte. Ich hatte keine Lust, Licht zu machen und die unvermeidlichen Fragen zu stellen, keine Lust auf die Dramen anderer Leute. Sie heulte erst laut, wurde leiser, knipste dann selbst das Licht an, um mir schniefend ein dunkelblaues Auge und eine grünlich schimmernde Wange zu präsentieren. Hatte er noch einmal zugeschlagen? Es sah deutlich schlimmer aus als vorher. Ich holte Klopapier, reichte es ihr wortlos. Sie putzte sich die Nase, lachte mit einem Mal. Entschuldigung. Dauernd heule ich dir was vor. Von neuem fing sie an zu schluchzen. Ich blickte auf die Uhr. Es war kurz vor vier. Ein Hund bellte. Ein Nachtvogel schrie.

Isa nuschelte ins Klopapier: Er will seine Ruhe haben. Vor mir.

Hm, bot ich an.

Wenn er schreibt, wird er zum Monster, ich erkenne ihn dann gar nicht mehr wieder. Er sieht nichts, hört nichts, behandelt mich wie Luft, und trotzdem störe ich ihn. Aber er wollte doch unbedingt, dass ich mitkomme nach Mexiko!

Verlass ihn, wenn er dich schlägt, sagte ich trocken.

Ich weiß doch nicht wohin!, rief sie dramatisch. Noch nicht mal auf die Straße kann ich gehen!

Warum nicht?

Man wird hier gekidnappt.

Ich gab ihr ein Glas Wasser, weil man das in Filmen immer so macht.

Ich habe auch kein Geld, sagte sie kleinlaut.

In deinem Alter bin ich niemals ohne Geld in der Tasche aus dem Haus gegangen, sagte ich. Autoschlüssel und Geld. Man darf sich doch nicht von einem Mann abhängig machen!

Sie sah mich mitleidig an, als habe ich keine Ahnung. Ich bin so unglücklich, stöhnte sie, so entsetzlich unglücklich.

Mit einem Schlag erkannte ich das klaftertiefe, saudumme Unglück der Jugend wieder, das mit dem Unglück später im Leben kaum etwas gemein hat, weil man sich vom späteren Unglück nicht mehr erholt.

Seinetwegen bin ich nach Berlin gezogen, dort habe ich nichts, nichts!, rief sie wütend. In Braunschweig hatte ich einen Job, Freunde, eine Wohnung. In Berlin habe ich nichts! Nur ihn!

Schreibt er jetzt gerade?, fragte ich und wollte doch auf keinen Fall die Antwort hören.

Er schreibt eigentlich immer, klagte Isa, dabei behauptet er, er habe eine Schreibkrise. Er macht nichts anderes, als zu schreiben. Ich versuche, ihn zu unterstützen, ich bekoche ihn, wasche seine Wäsche, halte das Apartment sauber, aber ich störe ihn schon, wenn ich mich nur bewege.

Spielst du die putzige, kleine Hausfrau?

Ich bewege mich nicht mehr. Ich sitze. Und schreibe jetzt auch, sagte sie leise.

Ich gähnte. Fragte nicht, was sie denn schreibe, sosehr sie darauf auch wartete. Ich roch, dass sie wirklich schrieb, und vielleicht gar nicht mal schlecht. Wer wirklich schreibt, bekommt nichts von mir. Ich ermuntere nur die, die davon träumen, es aber niemals schaffen werden. Das sind meine Lieblinge, die können sich auf mich verlassen. Die erkläre ich zu Helden, nehme sie bereitwillig an die Hand, führe sie durch den dunklen Wald der Selbstzweifel und der fehlenden Disziplin und erkläre ihnen geduldig, dass das Schreiben auch nur ein Handwerk ist, das man erlernen kann.

Isa stand auf, ging zu meinem Tisch, auf dem nur eine vom Flug mitgebrachte *Zeit* lag, die ich ganz sicher nicht mehr lesen würde, weil die deutschen Befindlichkeiten im Ausland so schnell an Wichtigkeit und Bedeutung verloren. Inzwischen betrachtete ich, schockiert und fasziniert, lieber die sogenannten *páginas rojas,* die roten Seiten der mexikanischen Boulevardpresse, auf denen jeden Tag die exekutierten Opfer des Drogenkriegs abgebildet wurden. Gehängt, geköpft, verbrannt. Die Gewalt erschien mir dennoch wie eine Fiktion, weil ich als verwöhnte Deutsche keine Erfahrung mit ihr hatte.

Schreibst du mit der Hand?, fragte Isa.

Ja, log ich.

Echt? Alles? Du schreibst alles mit der Hand?

Es gibt eine andere Verbindung von der Seele zur Hand als zum Computer, sagte ich müde.

Das steht auch in deinem Buch, bestätigte sie. Ich liebe dein Buch.

Ich hasste es, wenn man das deutsche Wort »lieben« benutzte wie im Englischen. *I love your book. I love salami. I love spring.*

Ohne dein Buch hätte ich nie angefangen zu schreiben. Torben hat sich lustig gemacht über mich, jetzt ist er neidisch. Ich schreibe schneller als er. Ich denke nicht nach, ganz so, wie du es empfiehlst. Ich werde high beim Schreiben, und irgendwann habe ich dann das Gefühl, nicht ich schreibe, sondern es schreibt durch mich. Das Gefühl ist besser als jede Droge, verstehst du, was ich meine?

Ich nickte, zitternd vor Neid wie wahrscheinlich Torben auch.

Sie legte sich in mein Bett, fragte erst dann: Darf ich? Mir ist so kalt.

Ich fror selbst, also legte ich mich dazu. Sie drehte ihr Gesicht zu mir, das aus der Nähe immer noch ein Kindergesicht war. Diese Porzellanhaut ohne jede Pore, jede Falte, als wäre sie gerade eben erst frisch geschlüpft, diese erstaunten Augen. Ihr blaues Auge war nicht geschwollen, wie es normalerweise der Fall ist. Sie klappte die Wimpern auf und zu wie eine Puppe, atmete tief aus, einen süßlichen Babyatem. Du bist meine Heldin, sagte sie.

Ich lachte leise.

Doch, bekräftigte sie, ich hab mir dein Buch sogar aufs Telefon geladen, und immer, wenn ich nicht mehr weiterweiß, lese ich darin. Warum schreibst du nichts Neues?

Ich erschrak, als hätte man einen Schuss auf mich abgefeuert. Diese Frage stellte mir sonst niemand, sie war verboten, ganz und gar unzulässig! Ich schreibe, stotterte ich, ich schreibe doch.

Ach so, sagte sie kühl. Aber du veröffentlichst es nicht?

Ich schwieg.

Du willst nicht, dass es jemand liest? Sie sah mich lange an, ganz ruhig. Ich war mir nicht mehr sicher, wer von uns die Ältere war. Darf ich dir mal zeigen, was ich so schreibe?

Nein, wollte ich rufen, auf gar keinen Fall! Ich will nichts lesen, kein einziges Wort! Nein! Lass mich damit in Ruhe!

Na klar, sagte ich.

Sag mir deine E-Mail-Adresse.

Gib's mir auf Papier. Ich lese nicht gern elektronisch, sagte ich. Hoffte, das würde sie entmutigen.

Sie beugte sich über mich, ließ ihr nach Erdbeershampoo riechendes Haar auf mich herabfallen. Danke, flüsterte sie, du bist die Beste.

Am nächsten Morgen schon lag ein dicker Umschlag mit aufgemaltem Herzchen vor meiner Schwelle. Seufzend hob ich ihn auf, erwog, ihn sofort in den Mülleimer neben der Tür zu werfen, doch Teo beobachtete mich aus der Entfernung und winkte mir zu. Julia hatte versucht, sie aus ihrer eigenen Küche zu verweisen, weil sie weiter mit Schweineschmalz kochte, was für Vegetarier wie Veganer einfach untragbar sei, das müsse man verstehen. Kiepert war herbeigeeilt, um zu schlichten, aber hatte den Deutschen recht gegeben. Er hatte

Teo heimlich etwas Geld zugesteckt, um die Kränkung abzumildern, doch Teo blieb stur wie ein Esel in ihrer Küche stehen und rührte weiter in den schwarzen Bohnen mit Schweineschmalz, die nur ich noch aß. Seither war ich ihr Liebling, und sie winkte mir zu, wann immer sie mich sah. Ich winkte zurück, nahm den Umschlag mit ins Zimmer und legte ihn unter die *Zeit*.

Torben und Isa erschienen zusammen zum Spanischunterricht. Isa trug keine Sonnenbrille, sondern stellte ihr blaues Auge fast stolz zur Schau. Julia hörte auf, an ihrem Reiscake zu mümmeln. Scheiße, murmelte sie. Erschrocken fragte Lupita, was denn passiert sei. Lächelnd antwortete Isa: *nada, nada,* während Torben ihr sanft den Rücken massierte.

Er hatte als Einziger seine Hausaufgabe gemacht, konjugierte wie der Blitz *venir* und *andar* und verabschiedete sich kurz darauf, weil er noch ein Interview zu geben habe. Mich würdigte er keines Blickes. Mit wem?, fragte Julia eifersüchtig. Mit *La Jornada,* entgegnete er, der einzigen ernstzunehmenden linken Tageszeitung. Stimmt, sagte Lupita. Torben ging.

Was heißt »Arschloch« auf Mexikanisch, wollte Julia wissen. *Pendejo,* sagte Lupita ohne zu zögern.

Pendejo, wiederholte Julia langsam, während wir Torben nachsahen. Isa senkte den Blick.

Im Garten von Frida Kahlo starrte ich auf die ultramarinblaue Hauswand, auf der geschrieben stand: *Frida y Diego vivieron aquí.* Frida und Diego haben hier gelebt. Mein Körper füllte sich mit Traurigkeit wie mit dunkler Flüssigkeit. Wir beide haben auch mal zusammen in einem Haus gewohnt, einem hübschen kleinen Haus mit Garten, das du zufällig durch eine Annonce gefunden hattest. Das Haus hat uns gefunden, haben wir immer gesagt. Du warst beim Zahnarzt und kamst nicht dran, hattest alle verfügbaren Zeitschriften gelesen, nahmst schließlich die Zeitung mit der Annonce in die Hand. Das Haus sah aus wie eine Kinderzeichnung, ein ausgedachtes Haus, in dem wir ein ausgedachtes Leben führten. Wir kauften Möbel, Geschirr und Besteck. Wir heuerten eine Putzfrau an. Wir mähten den Rasen und pflanzten Blumen. Wir kochten gemeinsam Abendessen. Wir sahen fern. Wir lagen nebeneinander im Bett und lauschten dem Sound unseres Lebens. Wir wurden älter und es störte uns noch nicht einmal. Es hätte doch so weitergehen können bis zum Ende. Jetzt war ich verwaist. Schutzlos. Wie ein Vogel ohne Gefieder. Würde das so bleiben? Würde ich niemanden mehr finden?

Würde ich für immer allein sein? Seit unserer Trennung sah ich ständig alte Frauen, die allein ihren Rollator vor sich herschoben, tapfer in den nächsten Supermarkt humpelten, um dort eine einzige Tomate und ein Viertel Butter zu kaufen.

Im Museum verweilte ich vor dem winzigen Bett, in dem Frida Kahlo Jahre ihres Lebens im Gipskorsett zugebracht hatte und schließlich gestorben war. Noch nicht einmal fünfzig Jahre alt. Die Sonne fiel durchs Fenster und ließ die weiße Bettdecke aufleuchten. Ihr bemaltes Gipskorsett stand auf einem stummen Diener daneben. Ein Zimmer weiter ihre Staffelei. Ihre Stifte. Ihr Rollstuhl. Der Kitsch umgab sie wie eine undurchdringliche Dornenhecke.

Als ich in den Garten zurückkehrte, saß dort Isa und winkte mir freudig zu. Sie trug eine neue grasgrüne Sonnenbrille und hatte zwei Espressi vor sich stehen, einer davon war für mich. Dankbar trank ich den Kaffee, freute mich sogar über ihre Gesellschaft. Die Sonnenbrille war von Chanel.

Geschenk von Torben, sagte sie. Bisschen bonzig, oder?

Sieht gut aus.

Ja? Sie ritzte mit dem Fingernagel Muster in die fleischigen Blätter einer Pflanze neben ihr. Wie geht's deinem Fuß?

Besser. Dank deiner Hilfe.

Sie lächelte schwach. Ich weiß nicht, wie ich mich entscheiden soll, sagte sie.

Orientier dich an deinem blauen Auge, sagte ich nüchtern.

Ich bin fast dreißig, ich muss mich jetzt langsam mal entscheiden. Wo warst du mit dreißig?

Mit dreißig kannte ich einen Spanier, der nur Orangen und Nüsse aß. Einen Italiener, der meine Ohren liebte. Einen Bayern, der sich, wenn er betrunken war, beim Autofahren das eine Auge zuhielt. Einen New Yorker, der Nick Giuliano hieß und aus der Bronx kam. Ich schlief mit allen und verliebte mich in keinen. Ich konnte mich nicht entscheiden. Mein Kopf drehte sich wie ein Kreisel, und mein Herz schlug zu schnell und machte mich verrückt. Ich konnte nicht allein sein. Ich war lebensunfähig. Zog mir die Kapuze über den Kopf und hoffte, es könne einfach so weitergehen. So holen sie Pferde aus einem brennenden Stall. Sie werfen ihnen eine Decke über den Kopf. Wenn sie nichts mehr sehen, beruhigen sie sich.

Isa legte den Kopf schief. Ist das alles wahr?

Ich weiß es selbst nicht mehr so genau, sagte ich.

O Gott. Sie ließ den Kopf auf den Tisch fallen. Die Kaffeelöffel sprangen in die Höhe. Ich klopfte ihr auf den Rücken. Sie hob den Kopf, ich spiegelte mich in ihrer Brille.

Ich bin schwanger, sagte sie.

Wir schwiegen. Ich bemühte mich, neutral zu schauen. Immer wieder las ich die Inschrift: *Frida y Diego vivieron aquí.*

Isa zerrupfte die Pflanze in ihrer Hand in winzige Stückchen. Hast du Kinder?

Nein. Hast du das nicht gegoogelt?

Doch, sagte sie. Warst du nie schwanger?

Ich schüttelte den Kopf. Doch, korrigierte ich mich dann. Ein Mal. Mit vierundzwanzig. Von einem Matrosen in San Francisco. Ich kannte noch nicht mal seinen Nachnamen. Ich hab's erst gemerkt, als ich wieder zu Hause war. Es war für mich keine Entscheidung, ich konnte mir mich selbst nie mit Kind vorstellen. Ich wollte schreiben.

Sie nickte, hörte gar nicht mehr auf zu nicken.

Fast hätte ich ihr von dem Baby auf dem Fensterbrett im dritten Stock erzählt, aber nur fast.

Wir gingen zusammen zur Calle Cuauhtémoc, wo Isa einen Biobäcker entdeckt hatte. Sie nahm meinen Arm, sie hätte meine Tochter sein können. Fürsorglich warnte sie mich vor den Schlaglöchern, zog mich die hohen Bordsteine hoch, verlangsamte ihren Schritt, wenn ich zu sehr humpelte. Unter einem Jacaranda-Baum blieb sie stehen und sah nach oben, bis eine lila Blüte wie ein Schmetterling auf sie zuschwebte. Sie fing sie, reichte sie mir in der Handfläche wie ein Geschenk. Wäre ich ein Kerl, hätte ich mich in sie verliebt. Ich kaufte das Brot, ein Körnerbrot wie daheim. Und noch ein Schoko-croissant für sie, weil sie es sehnsüchtig betrachtete. Sie wollte es selbst bezahlen, aber ich lehnte ab. Sie knuffte mich, lachte, sagte: Danke, Mama. Wir trugen beide einen Laib Brot unter dem Arm, wir hatten uns eingehakt, wir konnten uns nicht wehren, es geschah so schnell. Sie waren jung, höchstens sechzehn, zwei Mädchen, sie kamen ebenfalls eingehakt auf uns zu, wie ein Spiegelbild, sie wichen uns nicht aus, sie liefen geradewegs in uns hinein. Ich spürte einen Schlag am Arm, taumelte, das Brot fiel zu Boden, Isa drehte sich neben mir einmal um die Achse, rief etwas, strauchelte, stützte sich auf meinem Rücken ab. Als wir uns wieder aufrichteten, war ihre Sonnenbrille weg und meine kleine Umhängetasche. Ich lobte mich dafür, dass ich nur etwas Bargeld dabeihatte, keine Kreditkarten, keinen Pass. Ganz so, wie Kiepert es geraten hatte. Isa rannte den Mädchen hinterher, die schon um die nächste Ecke verschwunden waren. Bald sah sie ein, dass sie sie nicht mehr einholen würde, sie kam zurück, ihr Gesicht war schweißbedeckt, ihr blaues Auge wirkte nach außen verschoben, als versuche es, sich aus ihrem Gesicht zu stehlen. Sie spürte meinen

Blick, legte ihre Hand auf ihr Auge, stöhnte. So eine Scheiße, fluchte sie, so eine verdammte Scheiße.

Glück gehabt, sagte ich. Wir haben Glück gehabt.

Die nächsten Tage wollte ich niemanden sehen, ich ging nicht zum Spanischunterricht, huschte frühmorgens aus dem Haus. Trank meinen Kaffee im ›Jarocho‹, einem Café gegenüber vom Markt, wo ich neben den Stammgästen auf einer unbequemen Eisenbank saß. Der alte Mann mit dem weißen Pudel war jeden Morgen um Punkt neun Uhr dort, ein junges tätowiertes Liebespaar, eine dicke Frau in Hausschuhen und Schürze, eine Geschäftsfrau im Kostüm, eine junge Frau mit einem winzigen Baby im Arm. Es hatte dicke schwarze Haare auf dem kleinen Kopf wie eine Mütze. Die Mutter drückte es mir ganz selbstverständlich in den Arm, als sie etwas in ihrer Tasche suchte, und nahm es dann wortlos wieder an sich. Ab und zu zog eine Mariachi-Band vorbei und spielte tragische Liebeslieder, in denen die Frauen die Männer betrogen und verrieten und alles nur schiefging und der Tod der einzige Freund war. Der alte Herr mit dem Pudel kannte alle Lieder auswendig und sang sie laut mit. Ein Lied erkannte ich sogar wieder, damals am Strand hatte ich es zum letzten Mal gehört. *El día que yo me muera, no voy a llevarme nada, nomás un puño de tierra.* An dem Tag, an dem ich sterbe, werde ich nichts mitnehmen, außer einer Handvoll Erde. Leise summte ich mit und ging in Gedanken die Jahre zurück, eins nach dem anderen, bis ich am Strand angekommen war und ich die Meisterin sah, wie sie die Treppe hinaufstieg, um zu schreiben.

Und? Wie verstehen Sie sich mit Ihren Kollegen?, fragte mich Kiepert. Ich hatte um Tipps gebeten, wie ich am besten in die alte Toltekenstadt Tula käme, prompt holte er mich ab. Zwinkerte mir zu, dass er diesen Ausflug gern zum Anlass einer germanistischen Facherörterung nehmen würde. Im Taxi saß er zu dicht neben mir, seine Hände ruhten auf seinen beigen Hosenbeinen. Wir standen im Stau. Stinkender Stillstand. Man hätte sterben können in diesem Stau und hätte dann tot immer noch stundenlang im Auto gesessen.

Kein Kommentar? Er drehte mir, die Hände reglos auf seinen Beinen, seinen gesamten Oberkörper zu wie in einer Yogaübung.

Och, die sind alle ganz nett, sagte ich.

Ja, besonders nett, stimmte er zu. Der Stern von Julia Banx scheint mir zwar zu sinken, sie hat schon ewig nichts Neues geschrieben, aber Torben Sielmann ist schwer angesagt.

Ach ja?

Er ist nominiert als Dramatiker des Jahres und hat gerade die Brecht-Medaille bekommen. Wissen Sie das gar nicht?

Ich interessiere mich nicht fürs Theater, es ist mir einfach zu anstrengend, sagte ich.

Das sind offene Worte. Er ist aber wirklich sehr, sehr erfolgreich und noch so jung.

Er ist doch schon vierzig.

Kiepert lachte auf, ohne dass seine Hände sich nur einen Millimeter von seinen Oberschenkeln bewegten. Ich bin einundvierzig und halte mich auch noch für relativ jung.

Erschrocken sah ich ihn mir genauer an. Tatsächlich, er hatte eine fast faltenfreie Haut und einen straffen Hals, doch seine schütteren Haare, seine hässliche Kleidung und seine steife Art hatten mich annehmen lassen, dass er mindestens so alt war wie ich, wenn nicht älter. Das passierte mir in letzter Zeit öfter, als wäre ich in meiner Eigenwahrnehmung vor zehn Jahren stehengeblieben. Ich will Ihnen nicht zu nahe treten, aber so richtig jung ist vierzig nicht mehr, sagte ich.

Wenn wir alle hundert werden, dann schon, insistierte er. Daraufhin schwieg ich störrisch, und um es sich nicht mit mir zu verscherzen, sagte er nach einer Pause in vertraulichem Ton: Unter uns, ich halte ihn für überschätzt.

Er verprügelt seine Freundin, sagte ich trocken.

Sie meinen ihr blaues Auge? Nein, nein, das hat sie sich auf der Straße geholt. Sie ist gestolpert und auf ihr Handy gefallen, das sie in der Hand hielt, obwohl ich ihr mehrmals gesagt hatte, dass man hier besser nicht mit dem neusten iPhone auf der Straße rumspaziert.

Was? Wirklich?

Ja, hat er mir erzählt.

Torben?

Ja. Und alle Welt denkt, er würde sie schlagen. Das ist ihm sehr, sehr unangenehm. Dabei sieht er nun wirklich nicht so aus, als würde er seine Freundin verprügeln.

Man muss doch nicht danach aussehen, Herr Kiepert!

Er lachte fröhlich und kurbelte das Fenster herunter. Eine Welle von Abgasen und heißer Luft schwappte ins Auto. Ich hielt mir den Hemdsärmel vor Mund und Nase. Er musterte mich von der Seite. Ich finde es oft schwierig, die deutschen Schriftsteller zu ertragen, sagte er. Sie sind so selbstbezogen, so weinerlich, sie beklagen sich über alles. Einer ist mal nach vierundzwanzig Stunden abgereist, weil es ihm zu laut war in dieser Stadt. Aber dieses Mal, finde ich, ist es eine besonders nette Gruppe, und das habe ich auch Ihnen zu verdanken.

Quatsch.

Doch, doch, Sie kümmern sich so mütterlich um alle, das weiß ich wirklich zu schätzen.

Ich schnaubte in meinen Ärmel. Kiepert kurbelte das Fenster wieder hoch und legte seine Hand ordentlich auf seinen Oberschenkel zurück. Den Rest der Strecke schwiegen wir.

Der Himmel war lila, die *nopales*-Felder grün bis zum Horizont, die Erde rot. Ganz allein standen wir auf der steinernen Plattform mit den rätselhaften riesigen Stelen der Tolteken und starrten hypnotisiert über das große, dramatische Land. Es war so still, wie wenn jemand den Ton der Welt einfach abgedreht hätte. Kein Vogel, kein Insekt, kein einziges Geräusch. Noch nicht einmal meinen eigenen Atem konnte ich hören, als wäre ich bereits tot. Kiepert war auf die andere Seite der Plattform rübergegangen, die Aufschläge seines Sakkos flappten im Wind. Gleich würde er abheben und davonfliegen, aber nein, mit wiegendem Schritt kam er auf mich zu, sah mich verschwörerisch an, schaute sich mehrmals um und zog einen krumpeligen Joint aus der Hosentasche. Ich nickte anerkennend, da strahlte er wie ein Bub, der sich einen tollen Streich erlaubt.

Wir rauchten schweigend, an eine der Säulen gelehnt, es hätte sehr schön sein können, wenn Kiepert nicht irgendwann herausgeplatzt wäre: Ich schreibe übrigens auch.

Natürlich hatte er sein Manuskript gleich dabei, in seiner abgetragenen Aktentasche, ganz so, wie man es sich vorstellt bei einem Professor der Germanistik. Herr Kiepert, danke, sagte ich, aber können Sie es mir vielleicht mailen? Ich lese nur noch auf dem iPad, dann kann ich es überallhin mitnehmen …

Einen winzigen Moment lang durchschaute er mich, seine Hand mit dem Manuskript zitterte ein wenig, bevor er es wieder wegsteckte. Natürlich, sagte er, natürlich.

Sein Hemd hing ihm aus der Hose, er legte sich auf die steinerne Plattform und hob die Beine rechtwinklig zum Himmel. Liest ja sowieso keiner mehr, sagte er, das Buch ist mausetot! Und dann kicherte er so lange vor sich hin, bis ich ihn fast ein bisschen süß fand.

In der Nacht erschüttert ein Erdbeben mein Bett und zerrt mich aus einem klebrigen Traum, in dem ich nicht vom Fleck komme. Ich versuche mich zu erinnern, was zu tun ist, aber nichts fällt mir ein. Hilflos klammere ich mich ans Bettgestell. Soll man sich nicht unter das Bett rollen und am Boden liegen bleiben? Oder gerade nicht? Der nächste Stoß erschüttert das Haus, doch er kommt nicht aus der Erde unter mir, sondern von oben, aus dem Apartment von Isa und Torben. Es kracht, donnert, ein Schlag, dass die Wände wackeln, meine Fensterscheibe klirrt. Ein Schrei. Und dann noch einer. Da laufe ich schon barfuß in den Hof, die Treppe hinauf, das Metallgitter der Treppenstufen schneidet mir in die Füße, ich schreie: Hör auf, du Arschloch! Hör auf! *Pendejo!* Wichser! Hör sofort auf! Keuchend stehe ich vor dem Apartment. Es ist dunkel, die Jalousien sind heruntergezogen, kein Geräusch zu hören. Ich hämmere an die Tür. Mach auf, Arschloch! Mach sofort auf! Keine Antwort. Kein Laut. Nichts. Teo erscheint in einem rosa glänzenden Unterkleid im Hof und sieht erschrocken nach oben. Abermals schlage ich gegen die Tür, rüttle an der Klinke. Isa!, schrei ich. Komm raus! Alles o.k. mit dir? Ich trete gegen die Tür.

La llave, rufe ich Teo zu, doch sie rührt sich nicht vom Fleck. Julia tritt aus ihrem Apartment nebenan. Ihre Lippen sind perfekt rot geschminkt, sie trägt einen seidenen Pyjama. Unangenehm wird mir mein uraltes kurzes T-Shirt bewusst, das ich trage. Ich gehe auf ihr hellerleuchtetes Zimmer zu.

Das Arschloch schlägt sie.

Ja, sagt Julia, aber sie schlägt ihn zuerst. Sie fängt immer an. Sie kann es nicht ertragen, dass er schreibt.

Hat er dir das erzählt?

Sie nickt. Steckt sich eine Zigarette an. Ich stehe mit einem Mal sehr sinnlos auf der Terrasse herum. Teo hat sich zurückgezogen.

Magst du ein Bier?, fragt Julia.

Natürlich hat sie gerade geschrieben. Ihr Computer steht aufgeklappt im zerwühlten Bett. Sie gibt mir ein Bier, wischt mit einer Hand etliche Kleidungsstücke vom Stuhl auf den Boden, setzt sich selbst wieder ins Bett. Ich nehme auf dem Stuhl Platz, sehe mich um. Sie hat die Wände mit gelben Post-its gepflastert, auf denen einzelne Sätze stehen oder auch nur Wörter: UNTADELIG. MÄUSEFRASS. SPARGELDÜNN. SCHEITERHAUFEN.

Fühlst du dich hier inspiriert?, frage ich.

Ich habe diese Einladung nur angenommen, weil Kiepert ein bisschen Geld zahlt. Vom Schreiben kann ja niemand mehr leben. Sie sieht mich beleidigt an. Außer dir natürlich.

Ich antworte nicht darauf.

Glaubst du wirklich, dass man schreiben lernen kann?, fragt sie spöttisch.

Nein, sage ich ehrlich.

Aber du behauptest es in deinem Buch. Sie zündet sich eine Zigarette an, nimmt sie vorsichtig zwischen ihre roten Lippen.

Es war ein Versuch, mich selbst zu überzeugen.

Hat es funktioniert?

Nein.

Sie lacht gekünstelt. Du bist lustig, sagt sie. Ich habe vier Jahre unter *writer's block* gelitten und dein Buch gelesen, weil es mir alle empfohlen haben.

Hat nichts genützt?

Nein.

Was hat dann geholfen?

Ich bekam eine Krebsdiagnose. Brustkrebs. Das hat geholfen. Ich hatte so große Angst, dass ich den ganzen Tag gekotzt habe. Dann habe ich angefangen mitzuschreiben. Jedes Detail zu notieren. Dadurch wurde es zwar nicht erträglicher, aber interessanter. Schreiben ist einer Fliege beim Sterben zuschauen. Wer hat das gesagt?

Du.

Nein, Marguerite Duras. Sie hat einer Fliege beim Sterben zugesehen, es hat fast eine Stunde gedauert. Sie hat vor der Wand gestanden und nur auf die Fliege gestarrt. Und als sie tot war, hat sie begriffen, dass der Tod der Fliege Teil des großen Todes ist. Unseres Todes. Auf Französisch klingt es irgendwie besser: *la grande mort*.

Alles klingt besser auf Französisch, sage ich.

Ihretwegen bin ich in das Dorf gefahren, aus dem sie kam, in der Bretagne. Es heißt Duras. Hab ein

Foto von mir vor dem Ortsschild gemacht. Sie nimmt einen großen Schluck Bier und rülpst. Dieses mexikanische Bier, stöhnt sie.

Duras hatte einen Freund, der dreißig Jahre jünger war als sie, sage ich. Als sie achtzig war, war er zwar auch schon fünfzig, aber er sah neben ihr aus wie ein junger Mann.

Julia antwortet nicht, sondern wendet sich ihrem Computer zu und tippt auf der Tastatur. Langsam, als würde sie vorlesen, sagt sie: Als Schriftstellerin braucht man einen jungen Mann, der sich um einen kümmert wie um ein Haustier.

Hast du jemanden?

Nein, sagt sie und tippt weiter. Damit fange ich erst an, wenn ich siebzig bin. Und du?

Oh, ich bin ganz altmodisch verheiratet. Schon lange. Seit fünfzehn Jahren.

Wikipedia sagt, du lebst wieder allein, erwidert sie ohne aufzublicken.

Falsch.

Sie zuckt die Schultern, nimmt einen kleinen Spiegel von ihrem Nachttisch und überprüft ihren Lippenstift. Ich kann nur schreiben, wenn ich mir meine Lippen geschminkt habe, sagt sie.

Ich zerknülle die leere Bierdose und stehe auf. Ich lass dich dann mal, sage ich.

Sie antwortet nicht. Sie schreibt.

Zurück in meinem Zimmer will ich meinen Koffer packen. Aber ich bin müde, lege mich aufs Bett. Jemand klopft an mein Fenster, ich stelle mich tot, mache nicht auf. Rutsche ganz weit in die äußerste Ecke des Bettes, damit man mich nicht sieht. Halte die Luft an, bekomme Herzklopfen wie als Kind, wenn ich Verstecken spielte. Es dauert lange, bis das Klopfen aufhört. Danach kann ich nicht mehr schlafen. Mittlerweile habe ich, dank einer Intervention von Kiepert, in der Garage Internet-Empfang, ich surfe auf meinem iPad, suche die Meisterin auf Wikipedia, was ich noch nie gemacht habe. *Amerikanische Schriftstellerin* steht links neben dem vertrauten Foto, **14. 8. 1932 in Roanoke, Virginia; †27. 5. 2001 in San Francisco.* Der graue Bubikopf, die graue Katze auf dem Arm. Schüchtern lächelt sie in die Kamera. Schüchternheit hatte ich nie an ihr bemerkt. **Leben:** *Sie wuchs als Kind einer gescheiterten Schriftstellerin auf, die Beziehung zur Mutter war von Streit geprägt. In der Hoffnung, wenn sie selbst schriebe, würden ihre Mutter und sie sich wieder verstehen, nahm sie an einem Schreibkurs ihrer Schule teil. Ihr Lehrer riet ihr, das Schreiben aufzugeben und lieber zu heiraten. Sie heiratete 1949 einen Berufssoldaten, bekam 1952 einen Sohn und lebte zeitweilig auf Militärbasen in den USA und Südamerika. Als die Ehe 1966 in die Brüche*

*ging, verließ sie Mann und Sohn, arbeitete als Se-
kretärin und schrieb in der Nacht. Sie geriet in eine
schwere Krise. Ihr Psychologe riet ihr ebenfalls, das
Schreiben aufzugeben. Stattdessen schrieb sie ihren
ersten Roman ›Not Looking For Love‹, der 1968 erschien, und das bekannte Magazin ›The New Yorker‹ druckte im gleichen Jahr erstmals eine Kurzgeschichte von ihr ab. In schneller Abfolge erschienen
insgesamt zwölf Romane und sieben Bände mit
Kurzgeschichten, bis zu ihrem Tod 2001. In einem
ihrer letzten Interviews, 1999, nannte sie das Schreiben »das Einzige, was mir das Überleben von Tag
zu Tag ermöglicht«.*

Als ich am Morgen vorsichtig meine Tür öffne, um
zu entwischen, sitzt Isa davor. Die weiße Sonne
blendet mich. Ich taumle. Sie schlüpft an mir vorbei
in mein Zimmer. Erst nach einigen Sekunden kann
ich wieder sehen. Sie steht dicht vor mir, ihr Auge
schillert heute grün. Sie nimmt meinen Zeigefinger
und führt ihn zu ihrer Wange. Reibt mit ihm um
ihr Auge, was doch weh tun muss, aber sie verzieht
keine Miene. Zeigt mir meinen Finger. Er schillert
grün. Sie lacht aus vollem Hals, verstummt, als sie
mein Gesicht sieht. Sagt mit Kinderstimme: Tschul-
digung. Sie holt ihr Handy aus der Hosentasche
und zeigt mir eine Abfolge von Fotos von ihrem

geschminkten Auge. Erst violettblau, azur, dann blaurot, am Ende grün.

Ein Spiel, sagt sie. Nur ein Spiel. Wir haben ein Paar gespielt, das sich schlägt. Torbens Stück handelt von einem total kranken Paar. Er war blockiert. Das Spiel hat ihm geholfen. Wir haben die Bilder als *photo love story* gepostet und haben schon 80 000 Klicks.

Ah ja, sage ich langsam. Ich verstehe. Sie sieht mich mit aufgerissenen Augen an, ich möchte sie schlagen. Und gestern Nacht? Der Krach? Die Schreie?

Mit ihrer Fußspitze malt sie Kreise auf den Boden, nimmt die Pose einer Tänzerin ein, dreht sich. Sex, sagt sie grinsend. Wir konnten dir nicht aufmachen, wir hätten uns geniert. Sie bleibt stehen. Du bist sauer. Versteh ich. Aber schwanger bin ich wirklich. Und nur du weißt davon. Nur du.

Ich will es gar nicht wissen, sage ich. Warum postest du es nicht?

Jetzt hab ich es versaut, was? Sie lässt sich auf den Stuhl fallen, stippt die Krümel auf dem Tisch auf und leckt sie vom Finger. Hab ich es versaut? Bitte nicht. Bitte, bitte nicht. Ich wollte ihm nur beim Schreiben helfen.

Spielt ihr Strindberg? Sie sieht mich verständnislos an. So ein ödes Strindberg-Stück samt Zerfleischung und Frauenverachtung? Oder spielst du Katja Mann, die, um ihren schreibenden Mann nicht zu stören, ihr ganzes Leben auf Zehenspitzen verbracht hat?

Warum bist du so böse? Sie hebt die *Zeit* hoch, ihr Manuskript liegt immer noch darunter. Hast du es schon gelesen?

Ich warte ab, ihr Herz soll schneller schlagen und schneller und noch schneller, bis es ihr fast aus dem Mund springt. Aber als ich sie da so sehe, so flattrig dünn, so jung, befällt mich eine Wehmut, wie ich sie bisher nicht kannte, wie ein plötzlicher Schwäche-anfall, meine Beine werden zu Gelee, mein Blut wird fahl wie Mondlicht, alle Kraft saugt sie mir aus, so dass ich mich hinlegen muss.

Was ist mit dir? Isa beugt sich zu mir herunter, ihr Gesicht ganz dicht über mir, diese Porzellan-haut, diese Unwissenheit, diese Zuversicht. Sag doch was! Ängstlich sieht sie mich an.

Du hast Talent, sage ich, und weiter werde ich mich nicht dazu äußern.

Ein Lächeln glättet ihr Gesicht, als entfalte man ein Stück Papier. Überschwenglich küsst sie mich auf die Stirn, die Wangen, die Nase, ihre Haare fallen über mich wie ein seidiger Pelz. Sie stöhnt vor Glück, und ihr Glück bringt etwas in mir zum Schwingen, das ich nicht mehr aufhalten kann. Ich heule, ich blöde alte Kuh. Du hast mich betrogen, mich belogen, sage ich unter Tränen. Ich hab dir vertraut, und du hast mich belogen!

Schschscht, flüstert Isa in mein Ohr, nicht heulen. Schreiben.

Ich sehe mir dabei zu, wie sich meine Hand über das Papier bewegt. Ich schreibe:

Liebe Meisterin. Hier ist eine Geschichte, die ich dir immer habe schreiben wollen. Sie ist weder geklaut noch aus den Fingern gesogen. Aber im Grunde genommen ist das ja auch egal.

An einem Sonntag, an dem ich mich mit meinem Mann gestritten hatte, ging ich aus dem Haus, um meinen Zorn zu kühlen. Ich weiß nicht mehr, worum es ging zwischen uns, ich brauchte bloß eine Pause, ein wenig Luft. Ich nahm nur die Hausschlüssel mit, sonst nichts, und die Schlüssel steckte ich in die Jeanstasche, ich hatte die Hände frei, ich wollte mit den Armen schlenkern. Warum marschierte ich die Ainmillerstraße hinunter und nicht die Hohenzollernstraße? Warum bog ich links ab und nicht nach rechts? Ich fällte keine bewusste Entscheidung, ging schnell und zielstrebig, aber ohne Ziel. In der Entfernung sah ich eine Menschentraube vor einem Haus stehen, ich kam näher, war jedoch nicht neugierig. Ich wollte nur gehen, nicht denken. Ich sah nach oben, weil alle nach oben schauten. Dort, auf einem Fensterbrett, saß ein Baby. Nackt bis auf die Windeln. Es hatte die dicken Beinchen gespreizt und sah nach unten. Seine Füßchen reichten über das Fensterbrett, das etwas breiter war als ein gewöhnliches Fensterbrett, die Nachbarn hatten Blumenkästen draufgestellt, dunkellila Petunien rankten sich nach unten. Ich erinnere mich, dass ich das Wort »Petunien« dachte, weil meine Mutter Petunien liebte. Ich erinnerte mich an die pelzigen, klebrigen Blätter, an Wochenenden auf dem Balkon unter einem milchigen, norddeutschen Himmel. Die Gruppe murmelte leise, keiner wagte, ein lautes Wort zu sagen, aus Angst, das Baby zu erschrecken. Es beugte sich neugierig nach vorn, stützte sich mit den Händen zwischen den gespreizten Beinen ab. Die Menschengruppe sog die Luft ein. Das Baby wunderte sich, dass niemand mit ihm sprach, keiner Babylaute ausstieß, wie es das gewohnt war. Es beugte sich weiter nach vorn, geriet aus dem Gleichgewicht, die Gruppe schnappte nach Luft wie ein großer Fisch, aber das Baby schaukelte wieder zurück auf seinen dicken Windelpo. Eine Frau drückte auf alle Klingelknöpfe des Hauses gleichzeitig, doch niemand öffnete. Die Gruppe wuchs. Die, die bereits länger dort standen, legten den Finger auf die Lippen.

Pscht. Ich hörte das Baby vor Vergnügen gurgeln, es wollte uns animieren, es ihm gleichzutun. So lief das doch sonst immer. Es machte einen Laut, und die Person, die sich über sein Bett, seinen Buggy, sein Körbchen beugte, gurgelte zurück. Von uns bekam es keinen einzigen Ton. Es wurde unsicher, probierte ein kurzes Weinen aus. Schwankte. Sah uns aufmerksam an. Eine Frau begann leise zu gurren, sie wurde niedergezischt. Das Baby nahm beide Hände vom Sims und klatschte. Backe, backe Kuchen. Das hatte es schon gut gelernt. Es klatschte einmal, zweimal, beim dritten Mal senkte es den Kopf und reckte den Po nach oben wie eine Ente, die taucht. In einem perfekten Bogen, einer ballistischen Kurve fiel es durch die Luft. Die Gruppe stieß einen einzigen Schrei aus. Es flog und flog. Erstaunlich lange. Ich schwöre, nicht ich habe mich bewegt, ich wurde bewegt. Ich wurde nach vorne katapultiert, meine Arme breiteten sich aus, ich sah dem Baby zu, wie es hineinflog. Ich ging mit ihm in die Knie, rollte mich am Boden, hielt es fest umklammert wie ein Kissen. Es war weich, gab nach, als hätte es keine Knochen. Ich durfte es nicht loslassen, dachte ich, Punktverlust. Wo kam dieses Wort mit einem Mal her? Ich spürte keine Schmerzen. Man half uns auf, der Punkt ging an mich. Ich war in der Schule im Volleyballverein gewesen, das war lange her, aber mein Körper hatte sich anscheinend erinnert. Einfach so. Als es nötig war. Ich hörte Jubeln und Klatschen wie bei einem Sieg unserer Mannschaft. Das Baby schwieg und blickte mich kritisch an. Es war meins. Ganz eindeutig. So fest hielt ich es, dass man es aus meinen Armen schälen musste wie den Kern aus einer Frucht. Eine junge Frau mit kalkweißem Gesicht kam aus dem Haus gerannt. Sie sah mich nicht an, nur das Baby, nahm es an sich, überschüttete seinen Kopf mit Küssen. Da begann es zu weinen, zu brüllen, zu schreien wie am Spieß. Ich ging davon, einfach so. An der Ecke Hohenzollernplatz gaben plötzlich meine Knie nach, ich zitterte am ganzen Körper und musste mich setzen. Ich saß dort sehr lange. Als ich wieder nach Hause kam, war es dunkel geworden. Er hatte kein Licht gemacht. Er nahm meine Hand, wir waren uns wieder gut. Oder wir taten zumindest so. Wer weiß das schon so genau?

Das Diogenes Hörbuch zum Buch

Doris Dörrie
Diebe und Vampire

Ungekürzte Autorenlesung

4 CD, Spieldauer 284 Min.

Doris Dörrie
Kirschblüten
Hanami
Ein Filmbuch

Rudi und Trudi sind seit dreißig Jahren ein Paar. Als Trudi plötzlich stirbt, fliegt Rudi zu Sohn Karl nach Japan, um das zu sehen, was Trudi wichtig war und was sie zusammen nicht mehr erleben konnten: ihren Sohn in Japan, die legendäre japanische Kirschblüte, den Fujiyama und auch den Butoh-Tanz, der früher einmal Trudis Leidenschaft gewesen war.

Das Buch enthält Fotos aus dem Film mit der Kürzestversion der Geschichte in Untertiteln, das komplette Drehbuch und Hintergrundinfos von Doris Dörrie über den Dreh am Fujiyama, ihr Verhältnis zu Japan, den Butoh-Tanz und über Zen.

Der Film *Kirschblüten – Hanami* (2008) wurde mehrfach ausgezeichnet: Deutscher Filmpreis, Produzentenpreis des Bayerischen Filmpreises sowie Publikumspreis des Seattle International Film Festival.

»Die Lektüre dieses ›Filmbuchs‹ bereitet eine besondere Art von Lesevergnügen.«
Ruth Klüger / Die Welt, Berlin

»Vor allem hat Doris Dörrie den deutschen Beziehungsfilm von seinem unerträglich penetranten Lernprozess-Muff befreit und macht richtiges Kino. Das alleine ist schon eine Wohltat.«
Wolfram Knorr / Die Weltwoche, Zürich

Doris Dörrie
im Diogenes Verlag

»Es ist vollkommen gleichgültig, ob Sie Doris Dörrie in der Badewanne, im Intercity-Großraumwagen, im Lehnstuhl oder in der Straßenbahn lesen, nur: Lesen Sie sie!« *Deutschlandfunk, Köln*

*Liebe, Schmerz und
das ganze verdammte Zeug*
Vier Geschichten
Daraus die Geschichte *Männer* auch als Diogenes Hörbuch erschienen, gelesen von Anna König

»Was wollen Sie von mir?«
Erzählungen. Mit Fotos von Helge Weindler

Der Mann meiner Träume
Erzählung
Auch als Diogenes Hörbuch erschienen, gelesen von Heike Makatsch

Für immer und ewig
Eine Art Reigen

Bin ich schön?
Erzählungen

Samsara
Erzählungen

Was machen wir jetzt?
Roman

Happy
Ein Drama

Das blaue Kleid
Roman

Mitten ins Herz
und andere Geschichten. Ausgewählt von Daniel Keel. Mit einem Nachwort der Autorin

Und was wird aus mir?
Roman
Auch als Diogenes Hörbuch erschienen, gelesen von Doris Dörrie

Kirschblüten – Hanami
Ein Filmbuch

Alles inklusive
Roman
Auch als Diogenes Hörbuch erschienen, gelesen von Maria Schrader, Petra Zieser, Maren Kroymann und Pierre Sanoussi-Bliss

Diebe und Vampire
Roman
Auch als Diogenes Hörbuch erschienen, gelesen von Doris Dörrie

Leben, Schreiben, Atmen
Eine Einladung zum Schreiben
Auch als Diogenes Hörbuch erschienen, gelesen von Doris Dörrie

Die Welt auf dem Teller
Inspirationen aus der Küche
Mit Ilustrationen von Zenji Funabashi

Kinderbücher:
Mimi
Mit Bildern von Julia Kaergel

Mimi und Mozart
Mit Bildern von Julia Kaergel

Astrid Rosenfeld
im Diogenes Verlag

Adams Erbe
Roman

Adam Cohen ist 1938 achtzehn Jahre alt. Edward Cohen wird um das Jahr 2000 erwachsen. Zwei Generationen trennen sie – aber eine Geschichte vereint sie. Von der Macht der Familienbande und der Kraft von Wahlverwandtschaften erzählt dieser Roman, und davon, dass es nur einer Begegnung bedarf, um unser Leben für immer zu verändern.

Bewegend und mit unerschrockenem Humor schildert Astrid Rosenfeld Schicksale und große Gefühle und wie die Vergangenheit die Gegenwart durchdringt.

»Astrid Rosenfeld schreibt mit schnellen Schnitten, gutem Gespür für Dramaturgie und, ja: Humor.«
Angela Wittmann / Brigitte, Hamburg

»Diesem Buch wünsche ich wirklich, dass es viele Leute lesen.« *Christine Westermann / WDR 5, Köln*

Elsa ungeheuer
Roman

Elsa ist starrköpfig, widerspenstig, verletzlich und manchmal schlicht und einfach ein Biest. Für den Künstler Lorenz Brauer und seinen Bruder Karl ist ihr Name gleichbedeutend mit Schicksal. Doch was ist am Ende stärker – Ruhm? Rausch? Rache? Oder die Liebe?

Zärtlich und schonungslos schlägt Astrid Rosenfeld in diesem Roman einen Bogen von einer verrückten Kindheit auf dem Land bis zum Glamour der modernen Kunstwelt.

Viktorija Tokarjewa
im Diogenes Verlag

Viktorija Tokarjewa, geboren 1937 in Leningrad, studierte nach kurzer Zeit als Musikpädagogin an der Moskauer Filmhochschule das Drehbuchfach. 15 Filme sind nach ihren Drehbüchern entstanden. 1964 veröffentlichte sie ihre erste Erzählung und widmete sich ab da ganz der Literatur. Sie lebt heute in Moskau.

»Die Tokarjewa kennt das Leben. Und sie schreibt darüber. Unausweichlich. Mit Kraft, Genauigkeit, Schmerz und Witz.« *Emma, Köln*

»Viktorija Tokarjewa schreibt wie die Transsibirische Eisenbahn auf Ecstasy – mit Volldampf in die herrliche Katastrophe.« *Doris Dörrie*

Zickzack der Liebe
Erzählungen. Aus dem Russischen von Monika Tantzscher

Mara
Erzählung. Deutsch von Angelika Schneider

Happy-End
Erzählung. Deutsch von Angelika Schneider

Sag ich's oder sag ich's nicht?
Erzählungen. Deutsch von Angelika Schneider, Monika Tantzscher und Elsbeth Wolffheim

Sentimentale Reise
Erzählungen. Deutsch von Angelika Schneider

Lampenfieber
Künstlergeschichten. Deutsch von Angelika Schneider

Eine Liebe fürs ganze Leben
Erzählung. Deutsch von Angelika Schneider

Glücksvogel
Roman. Deutsch von Angelika Schneider

Liebesterror
und andere Erzählungen. Deutsch von Angelika Schneider

Der Baum auf dem Dach
Roman. Deutsch von Angelika Schneider

Alle meine Feinde
und andere Erzählungen. Deutsch von Angelika Schneider

Leise Musik hinter der Wand
Roman. Deutsch von Angelika Schneider

Eine von vielen
Roman. Deutsch von Angelika Schneider

Auch Miststücke können einem leidtun
Erzählungen. Deutsch von Angelika Schneider

Meine Männer
Deutsch von Angelika Schneider

Donal Ryan
Die Sache mit dem Dezember

Roman. Aus dem Englischen
von Anna-Nina Kroll

John »Johnsey« Cunliffes Gedanken sprudeln wie ein Wasserstrahl in seinem Kopf herum und wollen sich nicht zu Wörtern und Sätzen bändigen lassen. Deshalb sagt er meistens nichts. Er schweigt, als seine über alles geliebten Eltern sterben, schweigt, als ihn die Nachbarn drängen, sein Land zu verkaufen, schweigt, als er brutal zusammengeschlagen wird und Gefahr läuft, sein Augenlicht zu verlieren. In dieser dunkelsten aller Stunden taucht Siobhán an seiner Seite auf, in deren freundliche Stimme Johnsey sich auf der Stelle verliebt. Mit ihr kehrt für einen kurzen Moment das Licht in sein Leben zurück. Doch das Rad der Ereignisse hat längst begonnen, sich zu drehen, und niemand vermag es mehr aufzuhalten.

»Die Geschichte zeigt, was die Gier aus Menschen macht, denen moralische Werte fehlen. Sie reißt mit, verstört, weckt Emotionen. Es ist aber auch ein witziges, ja aberwitziges Buch. Die Starken sind hier mal keine Helden, der Schwache gewinnt Würde. Ein unterhaltendes Buch, ein aufwühlendes Buch.«
Frank Statzner /
Hessischer Rundfunk, Frankfurt am Main

»Für alle, die hoffnungslose Sonderlinge lieben und wider besseres Wissen an die Gerechtigkeit im Leben glauben.«
Iso Niedermann / Schweizer Illustrierte, Zürich

»Ryan ist ein großer Roman gelungen: anrührend, menschlich, wahrhaftig.«
Christof Ernst / Express, Köln